觀光口語上手

鍾錦祥◎編著

序

　　近年來，在政府大力推展觀光政策之下，外籍觀光客來台人數激增，除了陸客之外，日本觀光客一直都是外籍觀光客中最多的，每年都超過百萬人次以上。除此之外，日本亦是我國最重要的貿易夥伴國家與在台投資國之一，因而來往台日之間與長住台灣之人數亦不少，所以日語在台灣的重要性，僅次於國際語言英語而已，故其重要性不言而喻了。

　　因此無論來台觀光的日本觀光客，或因商務來台的日本人及長住台灣的日本人，其一定會在台灣從事觀光餐旅方面之消費，所以在台灣尤其是都會裡的餐飲店、飯店等，都有機會服務到日本客人，因而在台灣以接待觀光客為主的餐飲店、飯店等的服務人員，日語是除了英語之外必備之語言能力。本書編撰的目的，主要就是為從事觀光餐旅業等的服務人員，提供實用、正確，並能夠與實務真正結合的觀光餐旅日語。本書是筆者結合實際從事觀光餐旅業的經驗與多年日語教學經驗，以台灣的餐飲店、飯店等主要接待與服務日本顧客的實際情境為背景，以實況對話的模式來編寫，因此教師可以採取角色扮演的方式來進行教學，讓學習者能夠宛如身歷其境，而學會實用、正確的觀光餐旅日語，以便日後進入職場之後，就能立刻上手。

　　本書內容主要分四大部分：第一篇「認識日本語文與發音」，藉著認識日本語文的由來與特徵，以瞭解日語特性和學習正確的發音；第二篇「服務業待客常用日語」，為日常基本打招呼、問候之語及待客常用日語，這是觀光服務業最基本、最常用的日語，是必學之基礎與根本；第三篇「餐飲篇」，以餐飲業主要業種為情境編寫，故內容極具實用性，可以讓顧客有賓至如歸之感；第四篇「飯店篇」，以觀光飯店住宿房客可能發

生的服務需求為情境所編寫，內容可以讓從業人員能夠應付與滿足房客所需服務。另外就日語而言，日語的敬語來說其可分為三種，即客氣的敬語（丁寧の敬語）、尊重的敬語（尊敬の敬語）和謙虛的敬語（謙讓の敬語），為了讓日本顧客宛如就身在日本而有賓至如歸之感，所以本書內容一律採取日本服務業所使用謙虛的敬語（謙讓の敬語）。另外本書在每一課的課文後面，皆附有生詞與相關辭彙，可以在學習課文前事先熟讀暗記，以便學習課文時，可達事半功倍及觸類旁通之效。

　　總之，這是一本精心編寫與實務結合的觀光餐旅業實用的日語會話書，只要熟讀與學會其內容，必定可讓您在觀光餐旅業服務日本客人時得心應手。本書亦可當作想要赴日觀光旅遊，尤其自助旅遊時住宿、用餐、問路等之用，為一本實用之觀光旅遊日語會話書。

　　在此首先要感謝日人下鳥陽子小姐撥冗以標準的東京腔為本書錄音製作CD。當然最後這本書能夠付梓與發行，要感謝揚智文化事業股份有限公司的總經理葉忠賢先生與總編輯閻富萍小姐的鼓勵及支持。

鍾錦祥　謹識

目　錄

第一篇

認識日本語文與發音

第一章

認識日本語文的起源

 第一節　日本語文的起源

　　日本原來是一個有語言而沒有文字得國家，自中國漢字傳入之後，雖然日文漢字的寫法完全與中國一樣，但是由於中文與日文的文法不同，所以就無法完全用漢字來表達，因此必要時候只好把漢字當作拼音的字母來使用，如；

　　　於奈加我須以多
　　　おなかがすいた
　　　肚子餓了

　　奈良時代（西元710～793）的「万業集」就是以這種方式寫成的。到了平安時代（西元794～1189），為了更容易簡單表達日文，因而利用漢字創造了平假名與片假名。所謂平假名就是由漢字的草書演變而來，如：安→あ，而片假名則是取漢字隸書的偏旁而成，如阿→ア。

第二節　日文的組成

日文的組成可分漢字、平假名、片假名、和字及羅馬字五個部分。

一、漢字

就是古代自中國輸入的文字，其寫法與字義大部分和目前我們所使用

的中文沒有兩樣，但是有一部分其寫法與自字義有點不同。其寫法不同的例子有：當→当，寫→写，窗→窓。而字義不同的有，如：湯→熱水、麻雀→麻將、海老→蝦子、独活→當歸、案山子→稲草人等。

除此之外有一部分的日文漢字的辭彙是把原有中文辭彙用倒裝的方式來表達，如：狂熱→熱狂、威脅→脅威、熱情→情熱。

另外日本還利用漢字自創辭彙，如：師走→臘月、浮氣→花心、庖丁→菜刀、桜肉→馬肉、独楽→陀螺等。

接著就漢字的唸法來看，漢字、日文唸法基本可分漢音與訓音兩種。

1. 漢音：其唸法仿照古代漢字的發音，如：新年→しんねん、離婚→りこん、万歳→ばんざい等。
2. 訓音：就是漢字套上日本原有語言的唸法。如：酒→さけ、秋→あき、雪→ゆき等。
3. 同一漢字漢字在不同辭彙裡一般可分別唸成漢音與訓音，如：立春→りっしゅん、春→はる。
4. 同一漢字在不同辭彙裡可分別唸成多音，如：雨、雷雨、梅雨、小雨、雨傘、時雨。

二、平假名

由漢字的草書演變而成，如：於→お、宇→う。

三、片假名

取漢字偏旁而成，如：江→エ、伊→イ。

四、外來語

　　就是把外國語文用片假名拼音而成，如：pants →パンツ袴子、內袴，toilet→トイレ廁所，（荷）Duits→ドイツ德國，（韓）Seoul→ソウル漢城（首爾），餃子→ギョウザ，handle→ハンドル方向盤。

五、和字

　　為模仿漢字自創的文字，如：風箏→凧、十字路→辻、沼澤→沢、日圓→円。

六、羅馬字

　　就是將日文用英文的二十六個字母來拼音，如：田中→TANAKA、山葉→YAMAHA。

第三節　日本文字的應用

　　日本一般書籍、雜誌、報紙、書信等文章主要是以漢字、平假名、片假名、和字及阿拉伯數字所混合構成。而電報、電傳等則多以羅馬字構成。

第四節　日本語文的特徵

　　日本語的基本特徵就是日文是一種階級語文，其使用會因為不同身分、地位、職業、親屬輩分、年齡及場合在同一句話之下有不同的表達方式，其表達方式可分為「常體」、「敬語」（丁寧語）及「最敬語」（謙讓語），如：

　　我是台灣人
　　常體　　　　　　　　私 は　　　　台湾人だ。
　　敬語（丁寧語）　　　私 は　　　　台湾人です。
　　最敬語（謙讓語）　　私 は　　　　台湾人でございます。

　　二次世界大戰之後，日語簡化不少，目前除了服務業、政治人物與特殊場合之外很少用最敬語，一般日常生活之中已用敬語與常體。就外國人而言為了避免失禮及不必要的誤會或糾紛最好使用敬語。

第二章

平假名

 第一節　平假名五十音表與寫法

段 行	あ段		い段		う段		え段		お段	
あ行	a	あ	i	い	u	う	e	え	o	お
か行	ka	か	ki	き	ku	く	ke	け	ko	こ
さ行	sa	さ	si	し	su	す	se	せ	so	そ
た行	ta	た	chi	ち	tsu	つ	te	て	to	と
な行	na	な	ni	に	nu	ぬ	ne	ね	no	の
は行	ha	は	hi	ひ	hu	ふ	he	へ	ho	ほ
ま行	ma	ま	mi	み	mu	む	me	め	mo	も
や行	ya	や			yu	ゆ			yo	よ
ら行	ra	ら	ri	り	ru	る	re	れ	ro	ろ
わ行	wa	わ							wo	を
	n	ん								

観光日語上手

第二節　清音

一、清音

一共有四十五個音

a	あ	i	い	u	う	e	え	o	お
ka	か	ki	き	ku	く	ke	け	ko	こ
sa	さ	si	し	su	す	se	せ	so	そ
ta	た	chi	ち	tsu	つ	te	て	to	と
na	な	ni	に	nu	ぬ	ne	ね	no	の
ha	は	hi	ひ	hu	ふ	he	へ	ho	ほ
ma	ま	mi	み	mu	む	me	め	mo	も
ya	や			yu	ゆ			yo	よ
ra	ら	ri	り	ru	る	re	れ	ro	ろ
wa	わ							wo	を

二、發音練習

1. 頭（あたま）	あたま	頭	2. 胃（い）	い	胃
3. 嘘（うそ）	うそ	謊言	4. 最高（さいこう）	さいこう	最棒
5. 鬼（おに）	おに	鬼	6. 変態（へんたい）	へんたい	變態
7. 着物（きもの）	きもの	和服	8. 痴漢（ちかん）	ちかん	色魔
9. 娘（むすめ）	むすめ	女兒	10. 母（はは）	はは	媽媽
11. そろそろ		差不多	12. 夢（ゆめ）	ゆめ	夢想

 第三節　鼻音

一、鼻音

ん

二、發音練習

1. 温泉（おんせん）	おんせん	溫泉	2. 混浴（こんよく）	こんよく	共浴
3. 賛成（さんせい）	さんせい	贊成	4. 反対（はんたい）	はんたい	反對
5. 満員（まんいん）	まんいん	客滿	6. 割勘（わりかん）	わりかん	自付

 第四節　濁音

一、濁音

ga	が	gi	ぎ	gu	ぐ	ge	げ	go	ご
za	ざ	ji	じ	zu	ず	ze	ぜ	zo	ぞ
da	だ	ji/di	ぢ	zu/du	づ	de	で	do	ど
ba	ば	bi	び	bu	ぶ	be	べ	bo	ぼ

二、發音練習

1.学生(がくせい)　　がくせい　學生
2.屑(くず)　　くず　垃圾
3.駄目(だめ)　　だめ　不行
4.別々(べつべつ)　　べつべつ　分別
5.無事(ぶじ)　　ぶじ　平安
6.どうぞ　　請
7.ばらばら　　零散貌
8.びくびく　　擔心貌
9.ぼろぼろ　　破爛貌
10.ぶりぶり　　彈力的
11.どんどん　　儘量
12.ぶつぶつ　　碎碎唸

第五節　半濁音

一、半濁音

pa	ぱ	pi	ぴ	pu	ぷ	pe	ぺ	po	ぽ

二、發音練習

1.乾杯	かんぱい	乾杯	2.先輩	せんぱい	學長
3.ぱりぱり		英挺貌	4.ぴかぴか		閃光貌
5.ぺこぺこ		肚子餓、卑屈貌	6.ぽかぽか		暖和貌

 ## 第六節　拗音

一、拗音

kya	きゃ	kyu	きゅ	kyo	きょ
sha	しゃ	shu	しゅ	sho	しょ
cha	ちゃ	chu	ちゅ	cho	ちょ
nya	にゃ	nyu	にゅ	nyo	にょ

hya	ひゃ	hyu	ひゅ	hyo	ひょ
mya	みゃ	myu	みゅ	myo	みょ
rya	りゃ	ryu	りゅ	ryo	りょ
gya	ぎゃ	gyu	ぎゅ	gyo	ぎょ
ja	じゃ	ju	じゅ	jo	じょ
bya	びゃ	byu	びゅ	byo	びょ
pya	ぴゃ	pyu	ぴゅ	pyo	ぴょ

二、發音練習

1.お客さん　おきゃくさん　客人　2.蒟蒻　こんにゃく　蒟蒻

3.お茶漬　おちゃづけ　茶泡飯　4.謝罪　しゃざい　謝罪

5.牛乳　ぎゅうにゅう　牛奶　6.邪魔　じゃま　麻煩

7.旅館　りょかん　旅館　8.上手　じょうず　很棒

9.病気　びょうき　生病　10.名字　みょうじ　姓

第七節　促音

一、促音

　　即停頓音，期通常位於兩個音之間，以小寫「っ」來表示。所謂停頓音，就是遇到促音「っ」之際，不要把「っ」唸出聲來，而是稍微停頓一下後，繼續把後面的字音唸出來。

二、發音練習

1.ゆっくり		慢慢來	2.ちょっと		稍微
3.勝手 かって	かって	任意	4.一緒 いっしょ	いっしょ	一起
5.卓球 たっきゅう	たっきゅう	桌球	6.いっぱい		一杯

 第八節　長音

一、長音

　　把某一個音加長一倍長度唸出來。

1.あ段（あ.か.さ.た.は.ま.や.ら.わ）＋「あ」唸長音。

2.い段（い.き.し.ち.に.ひ.み.り）＋「い」唸長音。

3.う段（う.く.す.つ.ぬ.ふ.む.ゆ.る）＋「う」唸長音。

4.え段（え.け.せ.て.ね.へ.め.れ）＋「い」唸長音。

5.わ段（お.こ.そ.と.の.ほ.も.よ.ろ）＋「う」唸長音。

二、發音練習

1.まあまあ		還好	2.英雄	えいゆう	英雄
3.お父さん	おとうさん	父親	4.いい		好的
5.お母さん	おかあさん	母親	6.生活	せいかつ	生活
7.おいしい		好吃的	8.大きい	おおきい	大的

第九節　重音

　　日語發音，在一個音節裡，需要唸的比較重的地方叫重音，同一個字音往往音重音所在不同，而意義也完全不同，這點要特別注意。

　　如：

はな	花	はな	鼻子
もも	桃子	もも	大腿
うみ	海	うみ	膿
はし	筷子	はし	橋
いし	意志	いし	石

　　說明：字母上有劃線者為重音所在。

第三章

片假名

 第一節　清音五十音表與寫法

一、清音

a	ア	i	イ	u	ウ	e	エ	o	オ
ka	カ	ki	キ	ku	ク	ke	ケ	ko	コ
sa	サ	si	シ	su	ス	se	セ	so	ソ
ta	タ	chi	チ	tsu	ツ	te	テ	to	ト
na	ナ	ni	ニ	nu	ヌ	ne	ネ	no	ノ
ha	ハ	hi	ヒ	hu	フ	he	ヘ	ho	ホ
ma	マ	mi	ミ	mu	ム	me	メ	mo	モ
ya	ヤ			yu	ユ			yo	ヨ
ra	ラ	ri	リ	ru	ル	re	レ	ro	ロ
wa	ワ							wo	ヲ
n	ン								

二、發音練習

1.アイス	ice	冰
2.アニメ	animation	卡通、電漫
3.トマト	tomato	番茄
4.オムライス	omelette	蛋包飯
5.カメラ	camera	照相機
6.ライター	lighter	打火機
7.コーヒー	koffie（荷）	咖啡
8.カレーライス	curry rice	咖哩飯
9.メール	mail	信件、電子郵件
10.タクシー	taxi	計程車

第二節　鼻音

一、鼻音

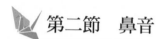

| n | ン |

二、發音練習

1.オレンジ	orange	柳丁
2.コンビニ	convenience store	便利商店
3.ワイン	wine	葡萄酒
4.インターネット	internet	網路
5.サイン	signature	簽名

第三節　濁音

一、濁音

ga	ガ	gi	ギ	gu	グ	ge	ゲ	go	ゴ
za	ザ	ji	ジ	zu	ズ	ze	ゼ	zo	ゾ
da	ダ	ji/di	ヂ	zu/du	ヅ	de	デ	do	ド
ba	バ	bi	ビ	bu	ブ	be	ベ	bo	ボ

二、發音練習

1.アイドル	idol	偶像
2.イメージ	image	印象
3.サービス	service	服務、免費招待
4.バナナ	banana	香蕉
5.ビール	bier（荷）	啤酒
6.デート	date	約會

 第四節　半濁音

一、半濁音

pa	パ	pi	ピ	pu	プ	pe	ペ	po	ポ

二、發音練習

1.スーパー　　　　　　　supermarket　　　　超市
2.ペット　　　　　　　　pet　　　　　　　　寵物

 第五節　拗音

一、拗音

kya	キャ	kyu	キュ	kyo	キョ
sha	シャ	shu	シュ	sho	ショ
cha	チャ	chu	チュ	cho	チョ
nya	ニャ	nyu	ニュ	nyo	ニョ
hya	ヒャ	hyu	ヒュ	hyo	ヒョ

mya	ミャ	myu	ミュ	myo	ミョ
rya	リャ	ryu	リュ	ryo	リョ
gya	ギャ	gyu	ギュ	gyo	ギョ
ja	ジャ	ju	ジュ	jo	ジョ
bya	ビャ	byu	ビュ	byo	ビョ
pya	ピャ	pyu	ピュ	pyo	ピョ

二、發音練習

1.ニュース	news	電視新聞、消息
2.ネット・カフェー	internet café	網咖
3.マネージャー	manager	經理
4.ミュージック	music	音樂
5.ジュース	juice	果汁

第六節　長音

　　片假名長音直寫之際在該字音後加上「｜」，而橫寫之際則在該字音之後加上「―」。如：

1.ルール	rule	規定、規則
2.セーフ	safe	安全

第二篇

服務業待客常用日語

敬語

　　一般來說，學習日與最麻煩與困難之一，就是同一句話、同一個字會有二、三種以上的表現法，做主要是因身分、地位、年齡、上司與部屬、外人與家人、男女及不同場合等，而有不同表現。其複雜程度，有不少地方連日本當地的人本身也會搞混用錯，那就遑論是外國人了。

　　而表現日語階級性的就是：日語同一句話或同一個字，可以分成常體、敬語兩大部分。常體就是日文的原型，如動詞的ある（有）、出來る（會）、行く（去）等；形容詞有おいしい（好吃）、やさしい（溫柔、體貼）等。使用常體的時候，通常是家人、同輩、同學、好友之間及上對下。所謂上對下就是地位與身分較高的人對地位、身分較低的人使用，反之，身分較低的人是不可以用常體對身分較高的人，否則將引起對方不悅，甚至動怒。因使如果看到兩位日本人對話，其中一位用常體，而另為一位用敬語，則表示兩位的身分是不對等的。

　　至於敬語就更複雜了，其使用方法會因時、地、人物對象等不同，而有不同的表現方式。就敬語而言其可分為三種，即客氣的敬語（丁寧の敬語）、尊重的敬語（尊敬の敬語）和謙虛的敬語（謙讓の敬語）。

　　就「謙卑的敬語」來看，說話者無論其身分、地位、年齡等，對於其說話的對象以低下的姿態也就是謙卑的語法來表示敬意。一般而言，日本服務業的從業人員對於在服務顧客時，習以此謙卑的語法來表現其願意盡心盡力服犬馬之勞，讓顧客能有賓至如歸的感受，如餐廳服務員說：「ごゆつくり、お召し上がりくださいませ。」（請慢用、失禮了）、

「かしこまりました、コ-ヒ-でございますね。」（遵命。您要的是咖啡吧！）。除此之外譬如學生對於師長亦可用此一話語，如「私が先生にお土產を差し上げます。」（我贈送土產給老師）、「私が先生から本をいただきます。」（老師贈送書給我）。這裡無論「差し上げます」（贈與）或「いただきます」（接受），都是屬於「謙卑的敬語」，表示主動行為者比其行為對象地位來得低。除此之外，就是有時政治人物在面對選民時也會使用謙卑的敬語以博取大眾的好感。換言之，就是說話者會刻意降低自己的身分地位，來向對方表示敬意，這類常見的動詞有；拜見する（看）、參る（去）、いたす（做）、申す（說）、かしこまりました（遵命）、お目にかかる（見面）等等。以下就是服務業待客常用之日語。

第一課

打招呼用語

1.お早うございます。　　　早安！

2.こんにちは。　　　　　日安、您好！

3.こんばんは。　　　　　晚安！

4.お休みなさい。　　　　晚安！（睡前）

5.さようなら。　　　　　再見！

6.すみません。　　　　　對不起、不好意思、謝謝！

7.お元気ですか。　　　　您好嗎？

8.お蔭様で。　　　　　　託福。

9.元気です。　　　　　　很好。

10.気を付けて下さい。　　請多小心！

11.頑張って下さい。　　　請加油！

12.行ってきます。　　　　要出門了！

13.行ってらっしゃい。　　請慢走、請順走！

14.ただいま。　　　　　　我回來了！

15.お帰りなさい。　　　　您回來了！

16.はじめまして。　　　　　　　　　　　幸會（初次見面）

17.どうぞ　宜しくお願いします。　　　　請多多指教！

18.お久しぶりです。　　　　　　　　　　好久不見了！

19.お疲れ様です　　　　　　　　　　　　您辛苦了！

20.お大事に。　　　　　　　　　　　　　請多保重！

第二課

待客常用日語

1.いらっしゃいませ。 歡迎光臨！

2.ありがとうございます。 謝謝！

3.ありがとうございました。 謝謝（常客）！

4.どういたしまして。 哪裡！

5.どうぞ。 請！

6.失礼（しつれい）いたします。 不好意思！（打擾、告退）

7.かしこまりました。 遵命！（是的）

8.誠（まこと）に申（もう）し訳（わけ）ございません。 真的很抱歉。（致歉）

9.恐（おそ）れ入（い）ります。 抱歉、惶恐！（麻煩客人時）

10.少々（しょうしょう）お待（ま）ち下（くだ）さい。 請稍待一下。

11.暫（しばら）くお待（ま）ち下（くだ）さいませ。 請稍待一下。

12.お待（ま）たせいたしました。 讓您久等了。

13.お願（ねが）いいたします。 拜託您了。

14.どのようなご用件（ようけん）でしょうか。 有什麼需要我服務的地方嗎？

15.宜（よろ）しいでしょうか。 是否可以呢？

16.お伺いいたします。　　　　　　　　　　請教一下！

17.お預かりいたします。　　　　　　　　　收到、收您。

18.さようでございます　　　　　　　　　　確實如此。

19.お疲れ様でした。　　　　　　　　　　您辛苦了！

20.参ります。　　　　　　　　　　　　　前去。

21.どちら様でしょうか　　　　　　　　　請問是哪一位？

22.ご案内いたします。　　　　　　　　　幫您引導、導覽。

23.頂けます。　　　　　　　　　　　　能夠得到。

24.頂きます。　　　　　　　　　　　得到、要用餐了。

25.差し上げます。　　　　　　　　　送給、給予。（地位
　　　　　　　　　　　　　　　　　　　　高、顧客）

26.お客様。　　　　　　　　　　　　客人（稱呼）。

27.何名様でございますか。　　　　　　請問有幾位？

28.失礼ですが、お名前をお願いいたします。請問尊姓大名？

29.どうぞごゆっくりお召し上がり下さい。請慢用！

30.またのお越しをお待ちしております。歡迎再度光臨。

第三篇

餐飲篇

第一課

お出迎え　迎客
（でむか）

ウェイター　いらっしゃいませ、何名様でしょうか。
（なんめいさま）
歓迎光臨！請問有幾位？

お客様　二人です。
（きゃくさま）（ふたり）
二位。

ウェイター　それでは、ご案内いたします。
（あんない）
那麼！就讓我幫您帶位。

こちらの席で、よろしいでしょうか。
（せき）
您覺得這個位子怎樣？

お客様　窓際の席は　ありますか。
（きゃくさま）（まどぎわ）（せき）
有靠窗邊的座位嗎？

ウェイター　はい、ございます。こちらへどうぞ。
是的！那請往這邊走。

| お客様 | はい。 |
| | 好的。 |

| ウェイター | 少々お待ちくださいませ。 |
| | 請稍待一下！ |

 ## 生詞與相關辭彙

1.人數：

| ひとり 一人 | ふたり 二人 | さんにん 三人 | よにん 四人 | ごにん 五人 |
| ろくにん 六人 | しちにん 七人 | はちにん 八人 | きゅうにん 九人 | じゅうにん 十人 |

2.何名樣	なんめいさま	有幾位？
3.名	めい	位
4.案内する	あんないする	引導、導覽
5.こちら		這邊、這位
6.そちら		那邊
7.あちら		那邊
8.どうぞ		請
9.窓際	まどぎわ	靠窗邊
10.通りに面した席	とおりにめんしたせき	面對馬路的位子

11.ふたり席	ふたりせき	兩人座
12.それでは		那麼！
13.少々	しょうしょう	稍微、一下
14.暫く	しばらく	暫且、一下
15.待つ	まつ	等
16.下さい	ください	請（前接動詞）、請給我
17.様	さま	先生、小姐（尊稱）
18.さん		先生、小姐（敬語）
19.ございます		有、在（最敬語）

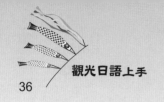

第二課
満席の場合　客満時

ウェイター　いらっしゃいませ、四名様でございますか。

歓迎光臨！請問4位嗎？

お客様　はい、予約していませんが　席は ありますか。

是的！但是我沒訂位，有位子嗎？

ウェイター　申し訳ございません。

很抱歉！

あいにく、ただいま　満席となっております。

真是不湊巧！現在客滿。

少々 お待ちいただけますか。

是否可以請您稍待一下？

お客様　どのくらい　待ちますか。

那要等多久？

ウェイター　　30分ほどでございます。

　　　　　　　大約大30分鐘左右。

お客様　　　　じゃ、待ちます。

　　　　　　　那麼！我就等了。

 生詞與相關辭彙

1.満席　　　　　　　まんせき　　　　　　客滿

2.予約　　　　　　　よやく　　　　　　　預約

3.席　　　　　　　　せき　　　　　　　　座位

4.ある　　　　　　　　　　　　　　　　　有

5.ない　　　　　　　　　　　　　　　　　沒有

6.あいにく　　　　　　　　　　　　　　　不湊巧

7.只今　　　　　　　ただいま　　　　　　現在、回來了

8.現在　　　　　　　げんざい　　　　　　現在

9.申し訳ない　　　　もうしわけない　　　很抱歉

10.頂ける　　　　　　いただける　　　　　能夠得到

11.どのくらい　　　　　　　　　　　　　　多少？

12.ほど　　　　　　　　　　　　　　　　　大約

観光日語上手

38

13.じゃ   那麼

14. 誠に（まこと）   まことに   真的、實在

15.数詞（すうし）：

一（いち）	二（に）	三（さん）	四（し）	五（ご）	六（ろく）	七（しち）	八（はち）	九（く）	十（じゅう）
二十（にじゅう）		三十（さんじゅう）		四十（よんじゅう）		五十（ごじゅう）		六十（ろくじゅう）	
七十（ななじゅう）		八十（はちじゅう）		九十（きゅうじゅう）		九十九（きゅうじゅうきゅう）			
百（ひゃく）		二百（にひゃく）		三百（さんびゃく）		四百（よんひゃく）		五百（ごひゃく）	
六百（ろっぴゃく）		七百（ななひゃく）		八百（はっぴゃく）		九百（きゅうひゃく）			

千（せん）	一千（いっせん）	二千（にせん）	三千（さんぜん）	四千（よんせん）
五千（ごせん）	六千（ろくせん）	七千（ななせん）	八千（はっせん）	九千（きゅうせん）

萬（まん）	一萬（いちまん）	十萬（じゅうまん）	百萬（ひゃくまん）	千萬（せんまん）
億（おく）	兆（ちょう）	零（れい）		

第三課
相席をお願いする場合
請客人與別人併桌時

ウェイター　恐れ入りますが、相席でも　宜しいでしょうか。
　　　　　　不好意思，請問可以跟別人併桌嗎？

お客様　　　いいですよ。
　　　　　　好的！

ウェイター　大変 申し訳ございません。
　　　　　　非常抱歉。

　　　　　　それでは、ご案内いたします。
　　　　　　那麼！讓我幫您帶位。

お客様　　　はい。
　　　　　　好的！

生詞與相關辭彙

1.恐れ入る	おそれいる	抱歉、惶恐
2.相席	あいせき	與別人併桌
3.宜しい	よろしい	好的、可以
4.でも		即使……也
5.大変	たいへん	非常、不得了

第四課
ちゅうかりょうり
中華料理　中華料理

ウェイター　　こんにちは　こちらがメニューでございます。
　　　　　　　ご注文を伺いいたします。

　　　　　　　您好！這是菜單、請問要點什麼？

お客様　　　　とりあえず、ビール二本お願いします。

　　　　　　　總之，先來兩瓶啤酒。

ウェイター　　はい、かしこまりました。

　　　　　　　好的！遵命。

ウェイター　　では、ご注文をお伺いいたします。

　　　　　　　那麼，請問您要點什麼？

お客様　　　　私は　ピーマンと牛肉の細切いため一つ、マー
　　　　　　　ポー豆腐一つ、季節野菜炒め一つをください。

　　　　　　　請給我一份青椒肉絲，一份麻婆豆腐與一份時令蔬
　　　　　　　菜。

ウェイター　　かしこまりました。ご注文の確認をさせていただきます。ピーマンと牛肉の細切いためお一つ、マーポー豆腐お一つ、季節野菜炒めお一つでございますね。

　　　　　　　瞭解，請讓我確定您所點之餐點：一個青椒肉絲、一個麻婆豆腐與一個時令蔬菜，是這樣子吧！

お客様　　　　はい。

　　　　　　　是的。

ウェイター　　少々お待ちくださいませ。

　　　　　　　請稍待！

生詞與相關辭彙

1.メニュー	menu	菜單
2.注文	ちゅうもん	點餐、下訂
3.マーポー豆腐	マーポーとうふ	麻婆豆腐
4.ピーマンと牛肉の細切いため ピーマンとぎゅうにくのほそぎりいため		青椒牛肉
5.地鶏の老酒漬け	じどりのラオチューづけ	醉雞
6.地鶏の土鍋煮込み	じどりのどなべにこみ	三杯雞
7.宮保雞丁	ゴンバオジーティン	宮保雞丁
8.蔥爆牛肉	ツォンバオニョウロウ	蔥爆牛肉

9.酢豚	すぶた	糖醋排骨
10.牛肉	ぎゅうにく	牛肉
11.豚肉	ぶたにく	豬肉
12.鶏肉	とりにく	雞肉
13.鴨肉	かもにく	鴨肉
14.羊肉	ようにく	羊肉
15.くらげ		海蜇皮
16.蛤	はまぐり	蛤蜊
17.貝	かい	貝類
18.鮑	あわび	鮑魚
19.からすみ		烏魚子
20.なまこ		海參
21.ふかひれ		魚翅
22.鮎	あゆ	香魚
23.蟹	かに	螃蟹
24.鰻	うなぎ	鰻魚
25.烏賊	いか	烏賊
26.鱒	ます	鱒魚
27.鱸	すずき	鱸魚
28.鯉	こい	鯉魚
29.すっぽん		鱉

30.牡蠣 ^{かき}	かき	牡蠣
31.木くらげ ^き	きくらげ	木耳
32.蓮根 ^{れんこん}	れんこん	蓮藕
33.山芋 ^{やまいも}	やまいも	山藥
34.南瓜 ^{かぼちゃ}	カボチャ	南瓜
35.糸瓜 ^{へちま}	へちま	絲瓜
36.冬がん ^{とう}	とうがん	冬瓜
37.韮 ^{にら}	にら	韭菜
38.葱 ^{ねぎ}	ねぎ	蔥
39.中国パセリ ^{ちゅうごく}	ちゅうごくパセリ	香菜
40.バジル		羅勒、九層塔
41.大蒜 ^{にんにく}	にんにく	大蒜
42.紫蘇 ^{しそ}	しそ	紫蘇
43.唐辛子 ^{とうがらし}	とうがらし	辣椒
44.生姜 ^{しょうが}	しょうが	薑
45.紹興酒 ^{しょうこうしゅ}	しょうこうしゅ	紹興酒
46.高粱酒 ^{こうりょうしゅ}	こうりょうしゅ	高粱酒
47.台湾ビール ^{たいわん}	beer	台灣啤酒
48.入れる ^い	いれる	加入、放入
49.一つ ^{ひと}	ひとつ	一個、一盤、一份
50.本 ^{ほん}	ほん	瓶
51.一丁 ^{いっちょう}	いっちょう	一盤、一份

第五課
お勧めの料理　推薦的餐點

お客様	何かお勧めは　ありますか。
	有什麼餐點要推薦嗎？
ウェイター	小籠包は 店の看板メニューでございます。
	小籠包是本店招牌餐點。
お客様	じゃ、これにします。
	那麼！就來個小籠包！
ウェイター	お飲み物は　何になさいますか。
	請問要點什麼飲料？
お客様	ウーロン茶を一本下さい。
	請給我一瓶烏龍茶。
ウェイター	それでは、以上で 宜しいでしょうか。
	那麼！點這樣就好了嗎？

お客様 <small>きゃくさま</small>	とりあえず、これでお願<small>ねが</small>いします。
	暫且、就這樣吧！

生詞與相關辭彙

1.勧<small>すす</small>める	すすめる	推薦、勸説
2. 小籠包<small>ショウロンポウ</small>	ショウロンポウ	小籠包
3.飲<small>の</small>み物<small>もの</small>	のみもの	飲料
4.シュウマイ		燒賣
5.水<small>すい</small>ぎょうざ	すいぎょうざ	水餃
6.春<small>はる</small>巻<small>ま</small>き	はるまき	春捲
7.大根<small>だいこん</small>もち	だいこんもち	蘿蔔糕
8.ワンタン		雲吞
9.饅頭<small>まんじゅう</small>	まんじゅう	包子
10.肉<small>にく</small>まん	にくまん	肉包子
11.以上<small>いじょう</small>	いじょう	以上
12. とりあえず		暫且
13.看板<small>かんばん</small>	かんばん	招牌
14. ウーロン茶<small>ちゃ</small>	ウーロンちゃ	烏龍茶
15.麦<small>むぎ</small>茶<small>ちゃ</small>	むぎちゃ	麥茶

16.梅茶　　　　　　うめちゃ　　　　　　梅子茶

17.オレンジジュース　orange juice　　　　柳橙汁

18.クランベリー
　　ジュース　　　　cranberry juice　　　蔓越莓汁

19.クアバジュース　guava juice　　　　　番石榴汁

第六課
たいわんきょうどりょうり
台湾郷土料理　台灣鄉土料理店

ウェイター　お決(き)まりでしょうか。

請問要點餐了嗎？

お客様(きゃくさま)　メインディッシュは　何(なに)が いいでしょうか。

主菜要點什麼好呢？

ウェイター　こちらの豆腐料理(とうふりょうり)は　店(みせ)の看板(かんばん)メニューでごさい
ます。
とくに　臭豆腐(しゅうどうふ)がお勧(すす)めです。

這裡的豆腐料理是本店的招牌菜單，尤其是臭豆
腐。

お客様(きゃくさま)　でも、臭豆腐(しゅうどうふ)は　匂(にお)いが きついですね。

但是，臭豆腐的氣味太嗆了！

ウェイター　それでは、蟹豆腐(かにどうふ)は　いかがでしょうか。

那麼！蟹仁豆腐很好吃唷！

お客様 じゃ、蟹豆腐一つ、焼き豆腐一つ、それから、豚肉と竹の子のスープをお願いします。

那麼！請給我一份蟹仁豆腐、一份烤豆腐，還有豬肉片竹筍湯。

ウェイター かしこまりました。ご注文は 蟹豆腐お一つ、焼き豆腐お一つ、豚肉と竹の子のスープお一つでごさいますね。

好的，您所點餐點為一份蟹仁豆腐、一份烤豆腐，與豬肉片竹筍湯，對嗎？

 生詞與相關辭彙

1.決まる	きまる	決定
2.看板メニュー	かんばんメニュー	招牌菜
3.匂い	におい	氣味
4.きつい		濃嗆、辛苦、嚴厲
5.臭い	くさい	臭的
6.美味しい	おいしい	好吃的
7.うまい		好吃的

8.香り	かおり	香氣
9.いい		好的
10.悪い	わるい	不好的、壞的、 不好意思
11.それから		還有
12.竹の子	たけのこ	竹筍
13.スープ	soup	湯
14.メインディッシュ	main dish	主菜
15.焼く	やく	燒、烤
16.海老	えび	蝦子
17.杏仁	あんにん	杏仁
18.やきめし		炒飯
19.やきそば		炒麵
20.ビーフン		米粉

第七課
デザートを注文する場合
點甜點時

お客様　　　メニューをお願いします。

請給我菜單。

ウェイター　ご注文をお伺いいたします。

請問要點什麼？

お客様　　　ティラミス・ケーキセットをお願いします。

提拉米蘇套餐。

ウェイター　お飲み物は　何になさいますか。

請問要什麼飲料呢？

お客様　　　ホットコーヒーです。

熱咖啡。

ウェイター　かしこまりました。以上で　ご注文は　宜しいで
　　　　　　しょうか。
　　　　　　瞭解！請問這樣就好嗎？

お客様　　　はい。
　　　　　　是的。

ウェイター　かしこまりました。少々　お待ちくださいませ。
　　　　　　瞭解！請稍待！

お客様　　　はい。
　　　　　　好的。

生詞與相關辭彙

1.デザート	desert	甜點、點心
2.ティラミス・ケーキセット	tiramisu cake set	提拉米蘇套餐
3.チーズ・ケーキ	cheese cake	起司蛋糕
4.ムース・ケーキ	mousse cake	慕司蛋糕
5.スポンジ・ケーキ	sponge cake	海綿蛋糕
6.ショート・ケーキ	short cake	切塊小蛋糕
7.アップルパイ	apple pie	蘋果派

8.アイス・クリーム	ice cream	冰淇淋
9.プリン	pudding	布丁
10.ホット・コーヒー	hot coffee	熱咖啡
11.アイス・コーヒー	Ice coffee	冰咖啡
12.ブラック・コーヒー	black coffee	黑咖啡
13.カプチーノ	cappuccino	卡布奇諾
14.エスプレッソ	espresso	義式濃縮咖啡
15.カフェオレ	Latte	拿鐵咖啡
16.ウーロン茶	ウーロンちゃ	烏龍茶
17.ジャスミン茶	jasmine ちゃ	茉莉花茶
18.アイスティー	ice tea	冰紅茶
19.ハーブティー	herb tea	香草茶
20.紅茶	こうちゃ	紅茶
21.ミルクティー	milk tea	奶茶
22.水	みず	水
23.白湯	さゆ	白開水
24.ミネラルウォーター	mineral water	礦泉水
25.砂糖	さとう	糖
26.ミルク	milk cream	奶精、奶球
27.氷	こおり	冰塊
28.チョコレート	chocolate	巧克力

第八課
食事中にサービスをする場合
用餐中的服務

お客様　　ちょっと、済みません。

來一下！不好意思！

ウェイター　はい、何か御用でしょうか。

是的，有什麼地方需要我為您服務嗎？

お客様　　コップをもう一つ下さい。

請再給我一個杯子！

醤油は　ありませんか。

有醬油嗎？

新しい箸を一つ下さい。

請再給我一雙新筷子。

ご飯のおかわりをください。

再來一碗飯。

ウェイター　はい、かしこまりました。

是的。

ウェイター　お待たせいたしました。どうぞ。

久等了！請用。

お客様　どうも。

謝了！

ウェイター　失礼いたします。

失禮！告退了！

 生詞與相關辭彙

1.ちょっと　　　　　　　　　　　　　　　　　一下、稍微

2.何か御用でしょうか　なにかごようでしょうか　請問有什麼事？

3.新しい　　　　　　　あたらしい　　　　　　新的

4.スプーン　　　　　　spoon　　　　　　　　湯匙

5.茶碗　　　　　　　　ちゃわん　　　　　　　碗

6. カップ	cup	杯子
7. コップ	kop（荷）	玻璃杯
8. 皿	さら	盤子
9. 箸	はし	筷子
10. 醤油	しょうゆ	醬油
11. ご飯	ごはん	白飯
12. おかわり		再來一碗
13. ケチャップ	ketchup	番茄醬
14. ソース	sauce	醬料
15. 塩	しお	鹽
16. 酢	す	醋
17. 胡椒	こしょう	胡椒
18. 山葵	わさび	芥末

第九課
食事中に食器を下げる場合
用餐中收餐具時

ウェイター 失礼いたします。こちらをお下げしても 宜しい
でしょうか。
對不起！請問這些餐具可以收了嗎？

お客様 はい、お絞りをもう一枚下さい
可以，請再給我一條擦手巾

いいえ、まだです。
不，還沒有。

ウェイター はい、かしこまりました。
是的。

お客様 どうも。
謝謝！

ウェイター　失礼いたします。

　　　　　　對不起！

生詞與相關辭彙

1.下げる	さげる	撤收、降低
2.ても		即使……也
3.つまようじ		牙籤
4.お絞り	おしぼり	擦手巾
5.紙ナプキン	かみnapkin	紙巾
7.まだ		尚未、還沒有
8.一枚	いちまい	一條、一張
9.どうも		非常、謝謝！（簡稱）

第十課

お客様の注文の品が売り切れた場合

客人所點之餐點已經售罄時

ウェイター　ご注文をお伺いいたします。

請問要點什麼？

お客様　　　小籠包を一つ下さい。

請給我一籠小籠包。

ウェイター　申し訳ございません。只今　小籠包は　売り切れ
でございます。海老ぎょうざ　いかがですか。

抱歉！現在小籠包已經賣完了，還有蝦餃，不知您
意下如何？

お客様　　　はい、海老ぎょうざを下さい。

好的，那就請給我蝦餃。

ウェイター　かしこまりました。少々お待ちくださいませ。

　　　　　是的、請稍待一下。

ウェイター　お待たせしました。どうぞ、ごゆっくり。

　　　　　讓您久等了，請慢用！

お客様　　すみません。追加で、海老ぎょうざをもう一つ下さい。

　　　　　不好意思，要加點，再一籠蝦餃。

ウェイター　はい、かしこまりました。

　　　　　好的。

生詞與相關辭彙

1.売り切れ	うりきれ	賣完、售罄
2.ぎょうざ		餃子
3.追加	ついか	加點
4.ごゆっくり		慢慢來

第十一課
オーダーミスの場合　送錯餐點時

お客様　　　これは　注文したものと違うんですが。

我想這不是我點的菜吧！

ウェイター　こちらは　杏仁豆腐でございますが、お客様がご注文されたお料理と違っておりますでしょうか。

這是杏仁豆腐，不是您所點的嗎？

お客様　　　注文したのは　蟹豆腐で、杏仁豆腐ではありません。

我點的是蟹仁豆腐，不是杏仁豆腐。

ウェイター　大変　申し訳ございません。すぐに　蟹豆腐とお取り換えいたします。

非常抱歉！馬上替您換上蟹仁豆腐。

1.オーダー	order	點餐、訂製
2.ミス	miss	錯誤、錯失
3.<ruby>頼<rt>たの</rt></ruby>む	たのむ	拜託、請託
4.<ruby>違<rt>ちが</rt></ruby>う	ちがう	不對、不同
5.<ruby>取<rt>と</rt></ruby>り<ruby>換<rt>か</rt></ruby>える	とりかえる	替換
6.<ruby>杏仁豆腐<rt>あんにんどうふ</rt></ruby>	あんにんどうふ	杏仁豆腐

第十二課
料理が遅いとクレームがあった場合
客訴上餐點延遲

お客様　　　すみません、料理が　まだ　来ません。
　　　　　　不好意思！餐點還沒送來。

ウェイター　申し訳ございません。只今　確認して参りますので、暫くお待ちください。
　　　　　　抱歉！馬上去查看餐點好了沒？請稍待一下。

ウェイター　誠に申し訳ございません。お客様　只今　大変混み合っておりますので、もう暫くお待ちくださいませ。
　　　　　　真的很抱歉！現在因客人比較多，是否可以請再稍等一下。

お客様　　　はい、わかりました。
　　　　　　瞭解！

生詞與相關辭彙

1.クレーム	claim	抱怨
2.遅い	おそい	慢的、延遲
3.早い	はやい	快的
4.来る	くる	來
5.確認する	かくにんする	確認
6.参る	まいる	去、來（謙讓語）
7.混み合う	こみあう	擁擠、混雜
8.ので		因為（客觀因素）
9.分かる	わかる	知道、瞭解
10.分からない	わからない	不知道、不瞭解

第十三課
料理の中に異物が入っていた場合
餐點當中有不明東西

お客様　すみません、この料理の中に 何か入っているみたいなんですけど。
不好意思！這個餐點當中好像有不明東西在裡面。

ちょっと、このスープの中に ありが入っているみたいなんですけど。
過來一下！這個湯當中好像有螞蟻在裡面。

ウェイター　大変 申し訳ございません。すぐに 新しいものとお取り換えいたします。少々 お待ちください。
非常抱歉！馬上為您換上新的餐點，請稍待一下。

生詞與相關辭彙

1.何か	なにか	什麼？
2.中	なか	裡面、中間
3.異物	いぶつ	不明東西、異物
4.入る	はいる	進入、混入、加入
5.汚い	きたない	骯髒的
6.ごきぶり		蟑螂
7.蟻	あり	螞蟻
8.蝿	はえ	蒼蠅
9.蚊	か	蚊子
10.虫	むし	蟲
11.髪の毛	かみのけ	頭髮
12.爪	つめ	指甲
13.もの		東西
14.新しいもの	あたらしいもの	新的東西

第十四課
料理の苦情　客訴料理

お客様　　ちょっと、肉が　腐っているみたいなんですけど。
喂！過來一下！這肉好像不新鮮的樣子！

ちょっと、料理の味が　おかしいんですけど。
喂！過來一下！這道料理的味道好像怪怪的樣子

ちょっと、スープの味が　薄いんですけど。
喂！過來一下！這湯味道好像淡了一點吧！

ちょっと、このスープは　味が濃すぎるんですけど。
喂！過來一下！這湯味道好像太鹹了一點吧！

ちょっと、このスープは　味がすっぱすぎるんですけど。
喂！過來一下！這湯味道好像太酸了一點吧！

ちょっと、このスープは　味が甘すぎるんですけど。
喂！過來一下！這湯味道好像太甜了一點吧！

あのう、卵が　半生なんですけど。

喂！這個蛋好像太生了吧！

あのう、ビールが　冷えてないんですけど。

喂！這瓶啤酒好像不是很冰的樣子！

ウェイター　　申し訳ございません。すぐに　新しいものとお取
　　　　　　　り換えいたします。しばらく　お待ちください。

很抱歉！馬上為您換上新的餐點，稍待一下。

生詞與相關辭彙

1.変	へん	奇怪
2.おかしい		怪怪的
3.まずい		不好吃的
4.薄すぎる	うすすぎる	太淡了、太薄了
5.濃すぎる	こすぎる	太濃了
6.辛すぎる	からすぎる	太辣了
7.甘すぎる	あますぎる	太甜了
8.硬すぎる	かたすぎる	太硬了
9.湯ですぎる	ゆですぎる	煮太老了

10. 半生（はんなま）	はんなま	太生了
11. 焼きすぎる（や）	やきすぎる	烤過頭了
12. すっぱい		酸的
13. しょっぱい		鹹的（しょうゆ）
14. 塩辛い（しおから）	しおからい	鹹的（塩・しお）
15. 苦い（にが）	にがい	苦的
16. 辛い（から）	からい	辣的
17. 甘い（あま）	あまい	甜的
18. 渋い（しぶ）	しぶい	澀的
19. 臭い（くさ）	くさい	臭的
20. 生（なま）	なま	生的
21. 生ぐさい（なま）	なまぐさい	腥的
22. 半熟（はんじゅく）	はんじゅく	半生不熟
23. 焦げる（こ）	こげる	燒焦
24. 生焼け（なまや）	なまやけ	烤太生了
25. 噛み切れない（か・き）	かみきれない	咬不動、太老了

第十五課
日本料理屋　日本料理店
にほんりょうりや

マスター　　いらっしゃいませ、お一人ですか。
ひとり

歡迎光臨，請問只有一位嗎？

お客様　　　はい。
きゃくさま

是的。

マスター　　こちらの席は　いかがですか
せき

這個位子好嗎？

お客様　　　いいですよ。
きゃくさま

好的。

マスター　　何を召し上がりますか。
なに　め　あ

何になさいますか。
なに

要吃什麼呢？

お客様　　　寿司と刺身をお願いします。
きゃくさま　　すし　さしみ　ねが

給我一份壽司、一份生魚片。

マスター　　　かしこまりました、お飲物は 何になさいますか。
　　　　　　　要喝些什麼飲料嗎？

お客様　　　　日本酒を下さい。
　　　　　　　請給我日本酒。

マスター　　　かしこまりました。少々 お待ち下さい。
　　　　　　　好的，請稍待一會兒。

　　　　　　　お待たせいたしました。どうぞ。
　　　　　　　久等了，請慢用。

マスター　　　お客様、日本料理がお好きなようですね。
　　　　　　　客人您好像非常喜歡吃日本料理喔！

お客様　　　　そうですね、とくに 寿司と刺身が大好きです。
　　　　　　　是的，尤其是特別喜歡壽司和生魚片。

マスター　　　味は どうですか。
　　　　　　　味道覺得如何呢？

お客様　　　　めちゃくちゃ 美味しいです
　　　　　　　非常好吃。

生詞與相關辭彙

1.刺身	さしみ	生魚片
2.寿司	すし	壽司
3.土瓶蒸	どびんむし	小陶壺蒸湯
4.茶碗蒸し	ちゃわんむし	茶碗蒸
5.お握り	おにぎり	飯糰
6.味噌汁	みそしる	味噌湯
7.納豆	なっとう	發酵的大豆
8.お茶漬	おちゃづけ	茶泡飯
9.漬物	つけもの	醬菜
10.酢の物	すのもの	涼拌醋菜
11.大根おろし	だいこんおろし	蘿蔔泥
12.天ぷら	てんぷら	天婦蘿
13.梅干	うめぼし	醃鹹梅子
14.たくあん		醬黃蘿蔔片
15.吸物	すいもの	蔬菜、魚肉湯
16.鰻丼	うなどん	鰻魚蓋飯
17.天丼	てんどん	天婦蘿蓋飯
18.かつ丼	かつどん	炸排骨蓋飯

19.牛丼 ぎゅうどん	ぎゅうどん	牛肉蓋飯
20.親子丼 おやこどん	おやこどん	雞肉蛋蓋飯
21.定食 ていしょく	ていしょうく	定食
22.焼肉 やきにく	やきにく	烤肉
23.焼鳥 やきとり	やきとり	烤雞肉串
24.好き す	すき	喜歡
25.大好き だいす	だいすき	非常喜歡
26.嫌い きら	きらい	討厭
27.ふわふわ		鬆軟的
28.ぷりぷり		彈力的
29.こりこり		脆脆的
30.油っこい あぶら	あぶらっこい	肥的、油膩的
31.さっぱり		清爽的
32.味わう あじ	あじわう	嚐味道
33.なるほど		確實如此、果真
34.とても		非常
35.歯ごたえ は	はごたえ	彈牙的
36.めちゃくちゃ		亂七八糟、非常
37.こうばしい		香郁的、芳香的
38.柔らかい やわ	やわらかい	柔軟的

39.硬い	かたい	硬的
40. 伊勢海老	いせえび	龍蝦
41. 車海老	くるまえび	明蝦
42. 海老	えび	蝦子
43. 鮪	まぐろ	鮪魚
44.鮭	さけ	鮭魚
45.鯛	たい	鯛魚
46. 鰹	かつお	鰹魚
47.秋刀魚	さんま	秋刀魚
48.鯖	さば	鯖魚
49.河豚	ふぐ	河豚
50.海胆	うに	海膽
51.お酒	おさけ	清酒

52.個数：

ひと 一つ	ふた 二つ	みっ 三つ	よっ 四つ	いつ 五つ	むっ 六つ	なな 七つ	やっ 八つ	ここの 九つ	とお 十
一個	二個	三個	四個	五個	六個	七個	八個	九個	十個

第十六課

ステーキ屋　牛排店

ウェイター　　ご注文を伺いいたします。

　　　　　　　請問您要點什麼？

お客様　　　　ヒレステーキを下さい。

　　　　　　　請給我菲力牛排。

ウェイター　　ステーキの焼き加減は　どういたしますか。

　　　　　　　請問牛排要幾分熟？

お客様　　　　ミディアムレアです。

　　　　　　　三分熟。

ウェイター　　はい、お飲み物は　何になさいますか。

　　　　　　　好的，那請問要點什麼飲料？

お客様　　　　アイスコーヒー。

　　　　　　　冰咖啡。

ウェイター　　かしこまりました、少々お待ちくだいませ。

好的，請稍待一下

生詞與相關辭彙

1.焼き加減	やきかげん	煎幾分熟
2.加減	かげん	程度（接續）、加減
3.サーロインステーキ	sirloin steak	沙朗牛排
4.ヒレステーキ	filet steak	菲力牛排
5.レア	rare	一分熟
6.ミディアムレア	mediam rare	三分熟
7.ミディアム	mediam	五分熟
8.ウェルダン	well done	全熟
9.ステーキソース	steak sauce	牛排醬
10.ブラックペッパソース	black pepper sauce	黑胡椒醬
11.マッシュルームソース	mushroom sauce	蘑菇醬
12.ナプキン	napkin	餐巾
13.紙ナプキン	かみnapkin	紙巾

第十七課

喫茶店　飲料店
きっさてん

ウェイター　いらっしゃいませ、何名様でございますか。
　　　　　　　　　　　　　　　なんめいさま
　　　　　歡迎光臨！請問有幾位？

お客様　　二人です。
きゃくさま　ふたり
　　　　　兩位。

ウェイター　どうぞ、こちらへ。
　　　　　請到這邊來

　　　　　ご注文をお伺いいたします。
　　　　　　ちゅうもん　　うかが
　　　　　請問要點什麼呢？

お客様　　まだ、決まってないんですが。
きゃくさま　　　　き
　　　　　還沒決定。

ウェイター　失礼いたします。
　　　　　　しつれい
　　　　　告退了。

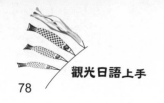

お客様　　　済みません、オレンジ・ジュースと紅茶を下さい。

請給我們柳丁汁和紅茶。

ウェイター　かしこまりました、少々お待ちくだいませ。

好的、請稍待一下。

生詞與相關辭彙

1.コーヒー	koffie（荷）	咖啡
2.ホット・コーヒー	hot coffee	熱咖啡
3.アイス・コーヒー	ice coffee	冰咖啡
4.アイス・ティー	ice tea	冰紅茶
5.お茶	おちゃ	茶水
6.紅茶	こうちゃ	紅茶
7.緑茶	りょくちゃ	綠茶
8.ウーロン茶	ウーロンちゃ	烏龍茶
9.麦茶	むぎちゃ	麥茶
10.レモン・ティー	lemon tea	檸檬茶
11.ジャスミン・ティー	jasmine tea	茉莉花茶

12.ミルク・ティー	milk tea	奶茶
13.ミルク	milk	牛奶
14.ココア	cocoa	可可亞
15.サイダー	cider	汽水
16.コーラ	cola	可樂
17.ジュース	juice	果汁
18.レモン・ジュース	lemon juice	檸檬汁
19.オレンジ・ジュース	orange juice	柳丁汁
20.ミックス・ジュース	mix juice	綜合果汁
21.アイスクリーム	ice cream	冰淇淋
22.水（みず）	みず	水

第十八課
お会計(1)　結帳1
かいけい

レジ　　　　お待たせいたしました。伝票をお預かりいたします。
　　　　　　讓您久等了！收了您的傳票。

　　　　　　お勘定は　ご一緒ですか。
　　　　　　請問要一起算嗎？

お客様　　　はい、一緒です。
　　　　　　是的，一起算。

　　　　　　いいえ、別々です。
　　　　　　不是的，分開算。

レジ　　　　はい、かしこまりました。
　　　　　　是的，瞭解。

お会計は　１６００元になります。

總共是1600元。

レジ　　　　お待たせいたしました、2000元をお預かりいたします。

讓您久等了！收您2千元。

４００元のお返しでございます。

レシートをどうぞ。ありがとうございました。

找您4百元，請收下發票，謝謝！

 生詞與相關辭彙

1.会計	かいけい	結帳、會計
2.伝票	でんぴょう	傳票
3.預かる	あずかる	寄放、收了
4.勘定	かんじょう	結帳
5.一緒	いっしょ	一起、共同
6.別々	べつべつ	分別、分開
7.お返し	おかえし	找的錢、回送
8.おつり		零錢、找的零錢

9.キャッシュ	cash	現金
10.現金 <ruby>げんきん</ruby>	げんきん	現金
11.チップ	tip	小費
12.なる		變成（結果）
13.レシート	Receipt	收據（明細）
14. 領収書 <ruby>りょうしゅうしょ</ruby>	りょうしゅうしょ	收據、發票
15.レジ	register	收銀員、收銀台
16.割り勘 <ruby>わかん</ruby>	わりかん	各付各的
17.お代は <ruby>たい</ruby>	おたいは	費用

第十九課
お会計(2)　結帳2
かいけい

お客様　お勘定をお願いします、クレジットカードは
きゃくさまかんじょうねが
使えますか。
つか
結帳，可以使用信用卡嗎？

レジ　　申し訳ございません、お使え頂けません。
もうわけつかいただ
很抱歉！本店不能刷卡

　　　　はい、カードをお預かりいたします。
あず
可以，收了您的信用卡。

　　　　お会計は ８００元でございます。
かいけいはっぴゃく
總共是800元。

お客様　税込みですか。
きゃくさまぜいこ
含稅嗎？

レジ　　いいえ、10 ％ のサービス料が　含まれております。
じゅっパーセントりょうふく
不是的，是含有百分之十的服務費。

観光日語上手

84

お待たせいたしました、こちらに サインをお願いします。

您久等了！請在這裡簽名。

お客様　　　はい

好的。

レジ　　　　カードとレシートをどうぞ。ありがとうごさいました。

請收下信用卡與發票。謝謝光臨！

生詞與相關辭彙

1.クレジッカード	creditcard	信用卡
2.使える	つかえる	能夠使用
3.頂ける	いただける	能夠獲得（長上）
4.サイン	signature	簽名
5.含まれる	ふくまれる	含有、包括
6.入る	はいる	加入、放入
7.税込み	ぜいこみ	含税
8.サービス料	serviceりょう	服務費
9.　％	percent	百分比
10.と（助詞）		和、與

第二十課
領収書を請求された場合
要求收據

お客様　　　領収書をお願いしたいんですが。

請給我收據。

レジ　　　　かしこまりました、宛名と会社の統一番号をお願

いいたします。

好的！請給我公司名稱與統一編號。

お客様　　　山田商社、統一番号は 30885662 です。

山田商社，統一編號是30885662。

レジ　　　　はい、かしこまりました。

好的！瞭解！

お待たせいたしました。領収書をどうぞ。

久等了！收據請收下。

お客様　　　どうも。

　　　　　　謝謝！

 生詞與相關辭彙

1.宛名　　　　　　　　あてな　　　　　　　収受者名稱、抬頭

2.会社　　　　　　　　かいしゃ　　　　　　公司

3.統一番号　　　　　　とういつばんごう　　統一編號

第四篇

飯店篇

第一課
チェックイン(1)　登記住宿1

フロント　いらっしゃいませ、ご予約のお客様でいらっしゃいますか。

歓迎光臨！有訂房嗎？

お客様　はい、山田です。メールで予約したんですが。

是的，我叫山田。是用網路訂的。

お客様　はい、予約しておいた山田です。チェックインお願いします。

是的，我就是有預約的山田。我要登記住宿。

フロント　シングルでございますね。

是單人房吧？

お客様　いいえ、ツインです。

不是，是雙人兩張床房。

フロント　ご宿泊は　本日から２泊のご予定でございますね。

預定三天兩夜吧！

お客様　はい、そうです。

是的。

フロント　恐れ入りますが、パスポートをお願いいたします。

抱歉，護照可以借一下嗎？

フロント　恐れ入りますが、旅券を拝見させていただけますか。

抱歉，護照可以借看一下嗎？

お客様　はい、どうぞ。

好的，請。

フロント　恐れ入りますが、こちらにサインをお願いいたします。

抱歉，請在此處簽名。

お客様　はい。

好的。

フロント　　お部屋は　三〇二号室でございます。かぎをどう
　　　　　　ぞ。

　　　　　　302房，鑰匙，請。

お客様　　　ありがとうございます。

　　　　　　謝謝！

お客様　　　荷物を運んでもらえますか。
　　　　　　荷物を運んでいただけますか。

　　　　　　可以幫忙搬行李嗎？

フロント　　はい、かしこまりました。それでは、ポーターが
　　　　　　お部屋まで　ご案内いたします。

　　　　　　好的。那麼就由行李員帶您至房間。

生詞與相關辭彙

1. ホテル	hotel	飯店（西式）
2. 旅館（りょかん）	りょかん	旅館（日式木造）
3. フロント	front	大廳櫃檯
4. メール	mail	電子郵件、簡訊、信件
5. で		用、以

6.予約	よやく	預約
7.チェックイン	check in	登記住宿
8.シングル	single	單人房
9.ダブル	double	雙人大床房
10.ツイン	twin	雙人兩張床房
11.願う	ねがう	拜託、願望
12.予定	よてい	預定
13.宿泊	しゅくはく	住宿、停泊
14.恐れる	おそれる	惶恐、恐怕、敬畏
15.旅券	りょけん	護照
16.パスポート	passport	護照
17.拝見	はいけん	看（謙讓語）
18.頂く	いただく	得到、獲得（從長輩、上司）
19.どうぞ		請
20.こちら		這裡、這邊
21.そちら		那裏、那邊
22.あちら		哪一邊
23.サイン	signature	簽名
24.署名	しょめい	簽名
25.部屋	へや	房間

26.鍵 かぎ	かぎ	鑰匙
27.キー	key	鑰匙
28.荷物 にもつ	にもつ	行李
29.運ぶ はこ	はこぶ	搬運
30. 頂ける いただ	いただける	能夠得到
31.貰える もら	もらえる	能夠得到、接受
32.それでは		那麼
33.ポーター	porter	行李員、門房
34.まで		到為止、連
35.案内 あんない	あんない	引導、導覽
36.ロビー	lobby	大廳
37.クーポン	coupon	兌換券
38. 朝食 クーポン ちょうしょく	ちょうしょく	早餐券

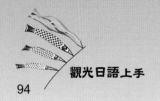

第二課
チェックイン(2)　登記住宿2

お客様　　　空いている部屋は　ありますか。
　　　　　　還有空房間吧？

フロント　　はい、どんなお部屋が　宜しいでしょうか。
　　　　　　是的，您要哪一種房間？

お客様　　　ダブルが　いいんですが。
　　　　　　雙人大床房就可以了。

フロント　　はい、かしこまりました。
　　　　　　好的。

お客様　　　一泊　いくらですか。
　　　　　　住一晩多少錢？

フロント　　8000元でございます。
　　　　　　8000元。

お客様	もう　すこし　やすい部屋は　ありますか。
	有稍微便宜一點的房間嗎？

フロント	はい、かしこまりました。一泊 5000元のお部屋は いかがでしょうか。
	好的、一晚5000元的房間好嗎？

お客様	はい、お願いします。
	好的。

フロント	お支払いは　いかがなさいますか。
	請付賬好嗎？

お客様	クレジット・カードで　お願いします。
	用信用卡付。

フロント	はい、かしこまりました。
	好的。

フロント	六一二号室でございます。鍵をどうぞ。
	612房，鑰匙，請。

お客様	明日、チェックアウト時間は　何時ですか。
	那明天退房時間是幾點？

フロント　　正午の十二時でございます。

中午十二點。

お客様　　　明日の朝、七時　モーニング・コールをお願いします。

明天早上七點請叫我起床。

フロント　　はい、かしこまりました。

好的。

お客様　　　私に伝言は　ありませんか。

沒有給我的留言嗎？

フロント　　ございません。

沒有。

生詞與相關辭彙

1.あく　　　　　　　　　　　　　空、開

2.どんな　　　　　　　　　　　　怎樣、如何

3.結構　　　　　　　けっこう　　可以、相當

4.一泊（いっぱく）	いっぱく	一晚
5.いくら		多少
6.もう		更、快要、已經
7.安い（やす）	やすい	便宜
8.高い（たか）	たかい	貴的、高的
9.支払い（しはらい）	しはらい	支付、付款
10.いかが		覺得如何
11.クレジット・カード	creait card	信用卡
12.どうも		非常、謝謝！（簡稱）
13.チエックアウト・時間（じかん）	check outじかん	退房時間
14.正午（しょうご）	しょうご	中午
15.モーニング・コール	morning call	早上喚起床
16.朝（あさ）	あさ	早晨
17. 伝言（でんごん）	でんごん	留言
18.メッセージ	message	留言
19.ございません		沒有（尊敬語）
20.ない		沒有

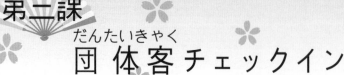

第三課
だんたいきゃく
団体客チェックイン
團體客登記住宿

ガイド	本日より二泊大阪の阪急トラベラーの チェックインをお願いしたいんですが。 從今天起住兩晚的阪急旅行團想要登記住宿。
フロント	ご予約は承っております。代表者の 菊池様でございますか。 的確有訂房，您就是領隊菊池先生吧！
ガイド	はい。 是的。
フロント	人数は十六名様でございますか。 人數是16位嗎？

ガイド 　　　いいえ、もう二名増えて、トータルで 十八名で
　　　　　　す。

　　　　　　不是，因為又增加2位，所以共有18位。

フロント 　　はい、かしこまりました。お部屋は ツイン 九
　　　　　　部屋をお取りしておりますが、皆様の旅券を拝見
　　　　　　させていただけますか。

　　　　　　瞭解，那就給您9間雙人兩張床房，請給我所有旅客
　　　　　　的護照登記好嗎？

ガイド 　　　はい。

　　　　　　好的。

フロント 　　お 預かりいたします。 少々 お待ちくださいま
　　　　　　せ。

　　　　　　收了護照，請稍待一會兒！

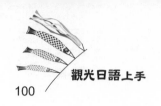

生詞與相關辭彙

1. 本日 (ほんじつ)	ほんじつ	今天
2. より		從、比
3. トラベラー	traveler	旅客、旅行者
4. 承る (うけたまわる)	うけたまわる	接受、承辦
5. 増える (ふ)	ふえる	增加
6. トータル	total	全部、總計
7. 取る (と)	とる	取得
8. 皆様 (みなさま)	みなさま	大家
9. 預かる (あず)	あずかる	寄放、收受
10. ガイド	guide	導遊、引導

第四課
すぐ チェックインできない場合
現在無法馬上登記住宿時

フロント　　　いらっしゃいませ。

　　　　　　　歓迎光臨！

お客様　　　　予約していた鈴木一朗ですが。

　　　　　　　我是訂房的鈴木一朗。

フロント　　　鈴木様でございますね、少々お待ちください。

　　　　　　　鈴木先生、請稍待等一下！

　　　　　　　本日より一泊ダブルで、ご予約いただいております。

　　　　　　　您預約的是雙人單床房，並從今天起住一晚。

お客様　　　　はい。

　　　　　　　是的！

フロント　大変　申し訳ございませんが、チエックインは
午後二時より受付させていただきますので、それ
までお待ちいただけますでしょうか。

真的很抱歉，因為要從下午2點開始才能夠登記住
宿。是否可以請您等到下午2點呢？

お客様　ああ、そう。荷物を預けても　宜しいですか。
荷物を預かって いただけませんか。
荷物を預かって もらえますか。

啊！原來如此！那是否可以讓我寄放一下行李呢？

フロント　はい、あちらのポーターにお渡しくださいませ。

可以，那請您交給那邊的行李員。

生詞與相關辭彙

1. 大変	たいへん	非常、不得了
2. 申し訳	もうしわけ	辯解理由
3. 申し訳ございません	もうしわけございません	抱歉
4. 受付	うけつけ	受理、接受
5. ので		因為（客觀理由）
6. 貰える	もらえる	能夠得到
7. それまで		到那時候
8. 宜しい	よろしい	好的、可以
9. 渡す	わたす	交給、渡過

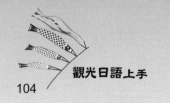

第五課

予約　　預約

フロント	プリンスホテルでございます、こんにちは。
	王子飯店，您好！
お客様	宿泊の予約をしたいんですが。
	我想要訂房。
フロント	はい、いつのご予定でしょうか。
	好的！請問要訂什麼時候的？
お客様	三月十日、一泊です。
	三月十日，一個晚上。
フロント	誠に申し訳ございませんが、あいにく　三月十日、満室でございます。
	真的很對不起！三月十日客滿了。
お客様	はい、わかりました。
	知道了！

フロント　　　はい、どのようなお部屋が　よろしいでしょうか。

好的，請問要訂哪一種房間？

お客様　　　ダブルです。

雙人大床房。

フロント　　　少々お待ちくださいませ。

請稍待一下。

フロント　　　お待たせいたしました、お部屋をご用意出来ます。
お名前とお電話番号をお願いいたします。

您久等了！可以訂房，請告知您的尊姓大名與電話號
碼。

お客様　　　中谷 登です、電話番号は０９９２３４５６２１で
す。

我是中谷登，電話號碼是0992345621。

生詞與相關辭彙

1.プリンス	prince	王子
2.宿泊 （しゅくはく）	しゅくはく	住宿
3.いつ		什麼時候
4.誠に （まこと）	まことに	真誠的
5.満室 （まんしつ）	まんしつ	房間客滿
6.分かる （わ）	わかる	知道、瞭解
7.どのような		怎樣的
8.番号 （ばんごう）	ばんごう	號碼
9.ナンバー	number	號碼

10.数字（すうじ）：

一 （いち）	二 （に）	三 （さん）	四 （し）	五 （ご）	六 （ろく）	七 （しち）	八 （はち）	九 （く）	十 （じゅう）
二十 （にじゅう）		三十 （さんじゅう）		四十 （よんじゅう）		五十 （ごじゅう）		六十 （ろくじゅう）	
七十 （ななじゅう）		八十 （はちじゅう）		九十 （きゅうじゅう）		九十九 （きゅうじゅうきゅう）		百 （ひゃく）	

11.月份：

いちがつ 一月	に がつ 二月	さんがつ 三月	し がつ 四月	ご がつ 五月	ろくがつ 六月
しちがつ 七月	はちがつ 八月	く がつ 九月	じゅうがつ 十 月	じゅういちがつ 十 一月	じゅう に がつ 十 二月

こんげつ 今月	らいげつ 来月	せんげつ 先月	しょうがつ 正 月	なんがつ 何月
這個月	下個月	上個月	新年	哪一個月

12.日期：

ついたち 一日	ふつか 二日	みっか 三日	よっか 四日	いつか 五日	むいか 六日
1號	2號	3號	4號	5號	6號
なのか 七日	ようか 八日	ここのか 九 日	とおか 十日	じゅういちにち 十 一日	は つ か 二十日
7號	8號	9號	10號	11號	20號

第六課
予約のキャンセル　取消訂房

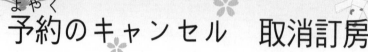
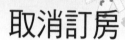

フロント	はい、フロントでございます。
	是的，櫃台您好！

お客様　予約をキャンセルしたいんですが。

　　　　我想取消訂房。

フロント　はい、お客様のお名前をお願いいたします。

　　　　好的，請問您尊姓大名？

お客様　菊池一隆です。

　　　　菊池一隆。

フロント　六月四日のダブル一部屋のご予約をキャンセルということで、フロントの蔡元良が承りました。

　　　　我是櫃檯的蔡元良，幫您取消6月4日所定之雙人大床的訂房。

生詞與相關辭彙

1.キャンセル　　　　cancel　　　　　　取消

2.事
(こと)　　　　　　こと　　　　　　　事情

3.名前
(なまえ)　　　　　　なまえ　　　　　　名字

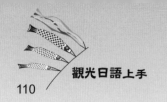

第七課

苦情　客訴
くじょう

フロント	はい、フロントでございます。
	是的、櫃台您好！

お客様
きゃくさま
こちらは８０２号室ですが、テレビが故障してい
　　　　　はちまるにごうしつ　　　　　　　　　　こしょう
るみたいなんですけど。

這是802號房，電視好像故障了！

お客様
きゃくさま
こちらは８０２号室ですが、浴室の電気がつきませ
　　　　　はちまるにごうしつ　　よくしつ　でんき
ん。

這是802號房，浴室的燈不會亮。

お客様
きゃくさま
こちらは８０２号室ですが、風呂のお湯が出ない
　　　　　はちまるにごうしつ　　ふろ　　ゆ　で
んですが。

這是802號房，浴室熱水放不出來。

お客様
きゃくさま
こちらは８０２号室ですが、クーラが壊れている
　　　　　はちまるにごうしつ　　　　　　こわ
みたいなんですけど。

這是802號房，冷氣壞了。

フロント　　　すぐに　係員をうかがわせますので、少々お待

ちください。

請稍候！相關人員馬上會就到。

客室係　　　失礼いたします、客室係でごさいます。

對不起！我是客服人員。

お客様　　　はい、どうぞ。

請進！

生詞與相關辭彙

1.苦情	くじょう	客訴、抱怨
2.テレビ	television	電視
3.故障する	こしょうする	故障
4. 電気	でんき	照明、電器
5.ライト	light	照明、光亮
6.壊れる	こわれる	壞了
7.風呂	ふろ	熱水缸（槽）、浴室
8.湯	ゆ	熱水
9.出る	でる	出來

10. クーラ	cooler	冷氣
11. 冷房 れいぼう	れいぼう	冷氣
12. エアコン	air conditioner	空調
13. 係員 かかりいん	かかりいん	服務人員
14. 伺 う うかが	うかがう	查看、請教、拜訪
15. 客室 係 きゃくしつかかり	きゃくしつかかり	客房服務人員

第八課

いらい
依頼　要求

お客様
きゃくさま
こちらは　７０５号室ですが、寒いので、毛布をもう
ななまるごごうしつ　　　　さむ　　　　　　　　もうふ
一枚ください。
いちまい

這是705號房，因為會冷，請再給我一件毛毯。

お客様
きゃくさま
こちらは　７０５号室です、石鹸がないんですけど。
ななまるごごうしつ　　　せっけん

這是705號房，沒有肥皂。

フロント
はい、かしこまりました。ただいま　お伺いいたし
うかが
ます。

好的！馬上拿過去。

お客様
きゃくさま
すみません。鍵を部屋の中に　忘れてしまいまし
かぎ　へや　なか　　わす
た。

對不起！鑰匙忘了，放在房間。

お客様
きゃくさま
部屋を換えていただけますか。
へや　か

能夠幫我換房間嗎？

お客様	済みません。ドアが開かないんですけど。
	對不起！房門打不開。
フロント	はい、何号室でございますか。
	是的，請問幾號房？
お客様	536号室です。
	536號房。
フロント	すぐに係員をうかがわせますので、少々お待ちください。
	請稍候！相關人員馬上會就到。

生詞與相關辭彙

1.頼む	たのむ	拜託、依賴
2.寒い	さむい	寒冷的
3.暑い	あつい	熱的
4.から		因為（主觀）、從
5.毛布	もうふ	毛毯
6.石鹼	せっけん	肥皂

7.枚	まい	件、張
8.は・みがき		牙膏
9.は・ブラシ	brush	牙刷
10.タオル	towel	毛巾
11.トイレット・ペーパー	toilet paper	衛生紙
12.ドライヤー	direr	吹風機
13.只今	ただいま	現在
14.換える	かえる	換
15.中	なか	裡面、中間
16.済みません	すみません	對不起、不好意思
17.忘れる	わすれる	忘記
18.あける		打開
19.出来る	できる	會、能夠
20.出来ない	できない	不能、不會
21.ドア	door	門

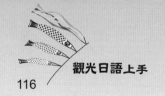

第九課
クリーニング・サービス　換洗衣物

フロント	はい、フロントでございます。
	這裡是櫃檯。

お客様 （きゃくさま）	クリーニングをお願（ねが）いしたいんですが。
	我想送洗衣物？

フロント	はい、かしこまりしました。
	好的。

お客様 （きゃくさま）	部屋（へや）に洗濯物（せんたくもの）を取（と）りに来（き）てくれませんか。
	是否可以到房間來拿衣服呢？

フロント	はい、何号室（なんごうしつ）でございますか。
	好的，請問是幾號房？

お客様 （きゃくさま）	９３７号室（きゅうさんななごうしつ）です。
	937號房。

フロント　　係員が　すぐに　取りに参りますので、少々
　　　　　　お待ちください。

　　　　　　請稍候！相關人員馬上會就去取拿。

お客様　　　いつ頃、出来ますか。

　　　　　　那什麼時候會好呢？

フロント　　明日　午後　五時頃お届けいたします。

　　　　　　大約明天下午5點左右會送到房間去。

 生詞與相關辭彙

1.洗濯物　　　　　　　せんたくもの　　　　　換洗衣物

2.クリーニンク　　　　cleaning　　　　　　　洗滌衣物

3.洗濯　　　　　　　　せんたく　　　　　　　洗滌衣物

4.すぐに　　　　　　　　　　　　　　　　　　立刻

5.出来上がる　　　　　できあがる　　　　　　完成、做好了

6.いつ　　　　　　　　　　　　　　　　　　　什麼時候

7.頃　　　　　　　　　　ころ　　　　　　　　左右、大約

8.届ける　　　　　　　とどける　　　　　　　送達

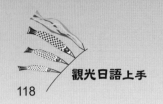

第十課
タクシーを手配する場合
幫忙叫計程車

お客様 　空港までのタクシーを呼んでくれませんか。

可以幫我叫計程車到機場嗎？

故宮博物館までのタクシーを一台お願いします。

請幫我叫計程車，我要到故宮博物院。

台北１０１までのタクシーを呼んでもらえますか。

可以幫我叫計程車到101大樓嗎？

フロント 　はい、かしこまりました。空港までの貸切で千五百元でございますが、宜しいでしょうか。

好的，到機場包車1500元，好嗎？

お客様 　はい、結講です。

好的。

生詞與相關辭彙

1.タクシー	taxi	計程車
2.空港 くうこう	くうこう	機場
3.手配する てはい	てはいする	安排、處理
4.呼ぶ よ	よぶ	叫、呼喊
5.故宮博物館 こきゅうはくぶつかん	こきゅうはくぶつかん	故宮博物院
6.台北１０１ たいぺいいちまるいち	たいぺいいちまるいち	台北101大樓
7.まで		到為止
8.一台 いちだい	いちだい	一台
9.結講 けっこう	けっこう	可以、相當
10.貸切 かしきり	かしきり	包租

11.数詞
すうし：

ひゃく 百	にひゃく 二百	さんびゃく 三百	よんひゃく 四百	ごひゃく 五百
ろっぴゃく 六百	ななひゃく 七百	はっぴゃく 八百	きゅうひゃく 九百	

せん 千	いっせん 一千	にせん 二千	さんぜん 三千	よんせん 四千
ごせん 五千	ろくせん 六千	ななせん 七千	はっせん 八千	きゅうせん 九千

まん 萬	いちまん 一萬	じゅうまん 十萬	ひゃくまん 百萬	せんまん 千萬
おく 億	ちょう 兆	れい 零		

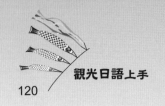

第十一課
かんこうあんない
観光案内　観光諮詢服務

お客様（きゃくさま）　龍山寺（りゅうざんじ）へ行（い）きたいんですが、どう やっていったら いいですか。
我想到龍山寺，要怎麼去？

フロント　ＭＲＴで 板橋方面（いたばしほうめん）ゆきに 乗（の）られて　龍山寺駅（りゅうざんじえき）で降（お）りてください。
可以搭捷運板橋線去，請在龍山寺站下車。

１番（いちばん）の路線（ろせん）バスで　行（い）くことができます。
可以搭1號公車去。

お客様（きゃくさま）　足裏（あしうら）マッサージをしに　行（い）きたいんですが。
我想要去做腳底按摩。

カラオケに　行（い）きたいんですが。
我想要去唱卡拉OK。

フロント	お勧めの店を紹介いたします。
	要不要幫你介紹一家很不錯的店？
お客様	はい。
	好的。

 生詞與相關辭彙

1. 龍山寺駅	りゅうざんじえき	龍山寺站
2. どう		如何、怎樣
3. MRT	Mass Rapid Transit	大眾捷運系統
4. ゆき		前往、前往地點
5. 乗られる	のられる	能夠乘
6. で		乘、在、以
7. 降りる	おりる	下車、下降
8. 路線バス	ろせんbus	公車
9. 行かれる	いかれる	能夠到
10. 足裏	あしうら	腳底
11. マッサージ	massage	按摩
12. カラオケ		卡拉OK

13. 占い	うらない	算命
14. 紹介する	しょうかいする	介紹
15. 夜市	よいち	夜市
16. 士林夜市	しりんよいち	士林夜市
17. 中正記念堂	ちゅうせいきねんどう	中正紀念堂
18. 国父記念館	こくふきねんかん	國父紀念館
19. 美容院	びょういん	美容院
20. 理髪店	りはつてん	理髪店

第十二課
館内の御案内　館内設施諮詢服務
_{かんない}　_{ご　あんない}

お客様　　　コーヒーショップは　何階ですか。
_{きゃくさま}　　　　　　　　　　　　_{なんかい}

請問咖啡廳在幾樓？

フロント　　二階でございます。階段は　右側でございます。
　　　　　　_{に　かい}　　　　　_{かいだん}　　_{みぎがわ}

在二樓，樓梯在右邊。

お客様　　　バイキングは　どちらですか。
_{きゃくさま}

請問自助餐廳在那裡？

フロント　　一階でございます。あちらでございます。
　　　　　　_{いっかい}

在一樓，就在那邊。

お客様　　　トイレは　どこですか。
_{きゃくさま}

請問廁所在那裡？

フロント　　二階でございます。エレベーターは　左側でござ
　　　　　　_{に　かい}　　　　　　　　　　　　　　　_{ひだりがわ}
います。

在二樓，電梯在左邊。

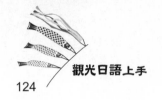

観光日語上手

124

お客様　　　コンビニは　どこに　ありますか。

請問在那裡有超商？

フロント　　　当ホテルの向かいに　ございます。

在飯店的對面就有。

 生詞與相關辭彙

1.館内	かんない	旅館內
2.案内	あんない	諮詢、導覽
3.コーヒーショップ	Coffee-shop	咖啡廳
4.何階	なんかい	幾樓
5.階段	かいだん	樓梯
6.右側	みぎがわ	右邊
7.左側	ひだりがわ	左邊
8.バイキング	viking	自助餐
9.レストラン	restaurant	西餐廳
10.あそこ		那裡
11.ここ		這裡
12.どこ		哪裡

13.あそこ		在哪裡
14.トイレ	toilet	廁所
15.お手洗い	おてあらい	廁所
16.エレベーター	elevator	電梯
17.コンビニ	convenience store	便利超商
18.ホテル	hotel	旅館
19.向かい	むかい	對向、對面

第十三課

宿泊客に電話をする
しゅくはくきゃく　　でんわ

打電話找住宿房客

オペレーター　太子ホテルでございます。
　　　　　　　たいし

　　　　　　　這裡是太子飯店。

友人　　　　　斉藤健一さんに電話をつないでください。
ゆうじん　　　さいとうけんいち　　　　でんわ

　　　　　　　請接齊藤健一先生。

オペレーター　何号室でございますか。
　　　　　　　なんごうしつ

　　　　　　　請問是幾號房？

友人　　　　　ちょっと　わからないんですけど。
ゆうじん

　　　　　　　不太清楚耶。

オペレーター　失礼ですが、お名前を伺えますか。
　　　　　　　しつれい　　　　なまえ　うかが

　　　　　　　那不好意思，可以請教您尊姓大名嗎？

友人　　　　　李倍宇です。
ゆうじん　　　りばいう

　　　　　　　李倍宇。

オペレーター　李様、少々お待ちください。

　　　　　　　李先生，請稍待。

オペレーター　斉藤様、李様からお電話が入っておりますが。

　　　　　　　齊藤先生，李先生打電話找您，要轉接進來嗎？

お客様　　　　つないでください。

　　　　　　　請轉接進來。

オペレーター　はい、かしこまりました。

　　　　　　　好的。

 生詞與相關辭彙

1. 宿泊客	しゅくはくきゃく	房客
2. 電話する	でんわする	打電話
3. つなぐ		接、連接
4. けど		雖然……但是
5. 失礼ですが	しつれいですが	不好意思
6. 名前	なまえ	名字
7. 伺える	うかがえる	能夠請教
8. 入る	はいる	進來、進入

第十四課
しゅくはくきゃく　　　ふざい　　ばあい
宿泊客が不在の場合
住宿客不在客房之際

フロント	はよ　　　　　　　　　　　　　　ようけん お早うございます、どのようなご用件でしょうか。
	您早！有什麼事需要我為您服務嗎？

きゃくさま　　たなかひでよし
お客様　　田中秀吉さんに　つないでください。

請幫我接電話給田中秀吉先生。

フロント	しつれい　　　　　　なまえ　うかが 失礼ですが、お名前を伺えますか。
	那不好意思，請問您尊姓大名？

きゃくさま　　りんしょごう
お客様　　林書豪です。

林書豪。

フロント　　しょうしょう　　ま　　　　　　　　　　　　ま
　　　　　　少々お待ちください。お待たせいたしました。
ただいま　たなかさま　　がいしゅつちゅう
只今、田中様は外出中のようでございます。

請稍待！讓您久等了！現在田中先生好像是外出不
在。

お客様 きゃくさま	はい、分かりました。また　あとで　来ます。 瞭解，待會兒再來。

お客様 きゃくさま	メッセージをお願いします。 請幫我留言。

フロント	はい、かしこまりました。 好的！

 生詞與相關辭彙

1.いない		不在、沒有（生物）
2.いる		在、有（生物）
3.ある		有（物質、東西）
4.ない		沒有（物質、東西）
5.用件 ようけん	ようけん	事情、事由
6.外出中 がいしゅつちゅう	がいしゅつちゅう	外出中
7.よう		好像
8.あとで		稍待之後
9.のちほど		稍待之後

第十五課
客室清掃（きゃくしつせいそう）　客房打掃

フロント　　フロントでございます。お部屋（へや）のお掃除（そうじ）をさせて頂（いただ）きたいんですが、ご都合（つごう）は いつが宜（よろ）しいでしょうか。

這裡是櫃檯，想要去打掃您的房間，不知什麼時候比較方便？

お客様（きゃくさま）　　はい、あと一時間（いちじかん）ほどで　出（で）かけます。

瞭解，我大概再一小時候會外出。

フロント　　はい、かしこまりました。

好的！知道了！

清掃員（せいそういん）　　失礼（しつれい）いたします、清掃係（せいそうがかり）でございます。お部屋（へや）のお掃除（そうじ）をさせていただいても 宜（よろ）しいでしょうか。

對不起！我是清潔人員，請問現在可以打掃您的房間嗎？

お客様　はい、入ってください。

好的！請進！

お客様　ちょっと　待ってね。あと五分ほどで　出かけます。

等一下，大約再五分鐘我要外出。

清掃員　はい、かしこまりました。

好的！知道了！

生詞與相關辭彙

1.掃除	そうじ	打掃
2.清掃係	せいそうがかり	清潔人員
3.都合	つごう	時機、情形
4.あと		之後
5.ほど		大約、大慨
6.出かける	でかける	外出

7.時間：

<ruby>一時<rt>いちじ</rt></ruby>	<ruby>二時<rt>にじ</rt></ruby>	<ruby>三時<rt>さんじ</rt></ruby>	<ruby>四時<rt>よじ</rt></ruby>	<ruby>五時<rt>ごじ</rt></ruby>	<ruby>六時<rt>ろくじ</rt></ruby>	<ruby>七時<rt>しちじ</rt></ruby>
<ruby>八時<rt>はちじ</rt></ruby>	<ruby>九時<rt>くじ</rt></ruby>	<ruby>十時<rt>じゅうじ</rt></ruby>	<ruby>十一時<rt>じゅういちじ</rt></ruby>	<ruby>十二時<rt>じゅうにじ</rt></ruby>		<ruby>何時<rt>なんじ</rt></ruby>

8.時間：分

<ruby>一分<rt>いっぷん</rt></ruby>	<ruby>二分<rt>にふん</rt></ruby>	<ruby>三分<rt>さんぷん</rt></ruby>	<ruby>四分<rt>よんふん</rt></ruby>	<ruby>五分<rt>ごふん</rt></ruby>
<ruby>六分<rt>ろっぷん</rt></ruby>	<ruby>八分<rt>はっぷん</rt></ruby>	<ruby>十分<rt>じっぷん</rt></ruby>	<ruby>二十分<rt>にじっぷん</rt></ruby>	<ruby>三十分<rt>さんじっぷん</rt></ruby>
<ruby>四十分<rt>よんじっぷん</rt></ruby>	<ruby>五十分<rt>ごじっぷん</rt></ruby>	<ruby>何分<rt>なんぷん</rt></ruby>		

第十六課
両替　兌換外幣

レジ	いらっしゃいませ。
	歡迎！
お客様	両替をお願いしたいんですが。
	両替が出来ますか。
	可以兌換外幣嗎？
レジ	はい、かしこまりました、ドルでございますか。
	可以，是美金嗎？
お客様	はい、今日のレートは　どうですか。
	是的，今天的匯率是怎樣？
レジ	一ドルは　31 台湾元でございます。
	一塊美金兌換31元新台幣。
お客様	二百ドル分をお願いします。
	拜託換200美金。

観光日語上手

134

レジ	かしこまりました、恐れ入りますが、 旅券をお願いいたします。少々 お待ち下さい。 好的，抱歉，請給我護照。請稍等一下。
お客様	はい。 好的。
レジ	お待たせいたしました、こちらに　サインをお願 いいたします。 您久等了！請在這裡簽名。
お客様	はい。 好的。
レジ	トータルで 6200 元になります。 總計6200元。
お客様	どうも。 謝謝！

生詞與相關辭彙

1. 両替 <ruby>りょうがえ</ruby>　　りょうがえ　　兌換

2. ドル　　dollar　　美金

3. 日本円 <ruby>にほんえん</ruby>　　にほんえん　　日幣

4. レート　　rate　　匯率

5. トータル　　total　　總計、合計

6. 合計 <ruby>ごうけい</ruby>　　ごうけい　　總計、合計

7. トラベラーズチェック　　traveler check　　旅行支票

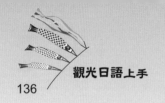
第十七課

ルームサービス　　客房服務

フロント　　はい、ルームサービスでございます。

　　　　　　是的，這裡是客房服務。

お客様　　こちらは　６１７号室です。食事を注文したいん
　　　　　　ですが。

　　　　　　這裡是617房，我想點餐。

フロント　　はい、ご注文をどうぞ。

　　　　　　是的，請點餐。

お客様　　つまみとビール二本をお願いします。

　　　　　　請給我下酒菜與兩瓶啤酒。

フロント　　かしこまりしました、ご注文の品は　２０分ほど
　　　　　　でお届けいたします。ありがとうございました。

　　　　　　好的，您所點的餐點大約20分鐘後會送到，謝謝！

生詞與相關辭彙

1.ルームサービス	room service	客房服務
2.食事	しょくじ	餐點、用餐
3.注文	ちゅうもん	點餐、訂東西
4.つまみ		小菜、下酒菜
5.ビール	beer	啤酒
6.本	ほん	瓶
7.1本	いっぽん	1瓶
8.2本	にほん	2瓶
9.3本	さんぼん	3瓶

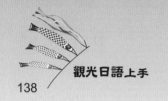

第十八課

デリバリー 餐點送達

ルーム・ボーイ　失礼いたします、ルームサービスでございます。
お食事をお持ちいたしました。
打擾了！我是客房服務，您所點的餐點已經送來了。

お客様　はい、どうぞ。
請進。

ルーム・ボーイ　失礼いたします、こちらに 置いても宜しいでしょうか。
不好意思，餐點放在這裡可以嗎？

お客様　はい、いいですよ。
可以。

ルーム・ボーイ　恐れ入りますが、こちらに署名をお願いします。

ルーム・ボーイ　　　お食事がお済みになりましたら、トレーを
廊下の方へお出し頂けますでしょうか。

抱歉！請在此簽收。是否可以請於用餐完畢之
後，將餐盤置於房門邊的走廊上？

お客様　　　　　　　はい。

好的。

ルーム・ボーイ　　　失礼いたします。

不好意思，告退了。

生詞與相關辭彙

1.持つ	もつ	有、擁有
2.置く	おく	放、置
3.済む	すむ	結束、完成
4.トレー	tray	餐盤
5.廊下	ろうか	走廊
6.出す	だす	拿出、提出
7.ルーム・ボーイ	room boy	客房服務員
8.デリバリー	delivery	送達、送交

観光日語上手

140

第十九課
チェックアウト　退房

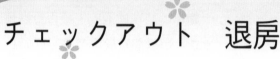

レジ	おはようございます。 早安！

お客様（きゃくさま）　５１８号室（ごいちはちごうしつ）ですが、チェックアウトをお願い（ねが）します。

我是518號房，請幫我辦理退房好嗎？

レジ　有難（ありがと）うございます、少々（しょうしょう）お待（ま）ちください。

謝謝！請稍待。

お客様（きゃくさま）　クレジットカードで支払（しはら）っても　いいですか。

可以用信用卡付款嗎？

レジ　はい、カードをお預（あず）かりします。

可以，收您的信用卡。

レジ　　　　お待たせいたしました、お会計は　ルームチャージが一萬三千台湾元でございます。こちらに署名をお願いします。

久等了！結帳後，房間費用是新台幣13,000元。請在這裡簽名。

お客様　　　サービス料は　含まれていますか。

有含服務費嗎？

レジ　　　　はい、10 ％ のサービス料が　含まれております。

是的，含有百分之十的服務費。

お客様　　　はい、わかりました。お世話になりました。

瞭解，承蒙照顧。

レジ　　　　どうぞ、また　おこしてくださいませ。さようなら。

請下次再度光臨！再見！

またのお越しをお待ちしております。

期待您再度光臨。

生詞與相關辭彙

1.チェックアウト	check out	退房
2.会計（かいけい）	かいけい	結帳、會計
3.ルームチャージ	room charge	住宿費
4.世話（せわ）（になる）	おせわ	照顧、照料
5.また		再度、又
6.お越（こ）し	おこし	光臨、來、去
7.サービス料（りょう）	サービスりょう	服務費
8.含（ふ）む	ふくむ	包含、包括
9.パーセント	percent	百分比％

第二十課
荷物の運搬を依頼された場合
請人來拿行李時

フロント　　お早うございます、フロントでございます。

早安！這裡是櫃台。

お客様　　チェックアウトしたいんですが、誰か荷物を運ん

でいただけますか。

我想辦退房，可以請人來拿行李嗎？

フロント　　はい、お部屋番号をお願いいたします。

好的，請問您是幾號房間？

お客様　　９０６号室です。

906號房。

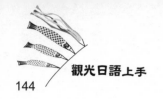

フロント　只今、ポーターを伺わせますので、暫くお待ち
　　　　　くださいませ。

現在就讓行李員前去拜訪，請稍待。

お客様　　はい、分かりました。

瞭解！

 生詞與相關辭彙

1. 誰　　　　　　　だれ　　　　　　誰

2. ポーター　　　　porter　　　　　行李員、門房

3. 伺わせる　　　　うかがわせる　　讓其去拜訪

第二十一課
撮影の依頼　拜託照相
さつえい　　いらい

お 客 様（きゃくさま）　　済みません、写真を取っていただけますか。
す　　　　　しゃしん　と
済みません、写真をお願いします。
す　　　　　しゃしん　　ねが
不好意思，可以幫忙照一下相嗎？

フロント　　はい、シャッターを押すだけですか。
お
好的，是不是只按一下快門就可以？

お 客 様（きゃくさま）　　はい、お願いします。
ねが
是的，那就拜託你了。

フロント　　はい、いきますよ〜。
我要照了！

これで　宜しいですか。
よろ
這樣就好了嗎？

お 客 様（きゃくさま）　　済みません、もう一枚お願いします。
す　　　　　　　いちまい　ねが
不好意思，請再幫我照一張好嗎？

フロント	はい。
	好的。

お客様<ruby>お客様<rt>きゃくさま</rt></ruby>	どうも、ありがとうございます。
	非常謝謝您！

フロント	いいえ、どういたしまして。
	不客氣！那裡！

生詞與相關辭彙

1.写真<ruby>写真<rt>しゃしん</rt></ruby>	しゃしん	照片
2.撮影<ruby>撮影<rt>さつえい</rt></ruby>	さつえい	照相、攝影
3.シャッター	shutter	光圈按鈕
4.押す<ruby>押す<rt>お</rt></ruby>	おす	按、壓
5.だけ		只是
6.枚<ruby>枚<rt>まい</rt></ruby>	まい	張

附録

旅館相關用語

1.チェックイン	check・in	登記住宿、搭機
2.チェックアウト	check・out	退房
3.フロント	front	櫃檯
4.レジ	register	出納
5.キャッシュ	cash	現金
6.パスポート	passport	護照
7.旅券	りょけん	護照
8.シングル	single	單人房
9.ダブル	double	雙人大床房
10.ツイン	twin	雙人兩張床房
11.レシート	receipt	收據
12.領収書	りょうしゅうしょ	收據
13.ロビー	lobby	大廳
14.オペレーター	operator	總機
15.ポーター	porter	行李服務生

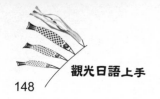

16. ルーム・サービス	room service	客房服務
17. ルーム・ボーイ	room boy	客房服務生
18. メッセージ	message	留言
19. クレジット・カード	credit card	信用卡
20. トラベラーズ・チエック	traveler's check	旅行支票
21. サービス料	Service りょう	服務費
22. 税金	せいきん	税金
23. クーラー	cooler	冷氣
24. 冷房	れいぼう	冷氣
25. 暖房	だんぼう	暖氣
26. 貴重品	きちょうひん	貴重物品
27. 荷物	にもつ	行李
28. コーヒーショップ	coffee shop	咖啡廳
29. パブ	pub	酒廊
30. レストラン	restaurant	西餐廳
31. せっけん		肥皂
32. は・ブラシ	brush	牙刷
33. は・みがき		牙膏
34. タオル	towel	毛巾

35.トイレット・ペーパー	toilet paper	衛生紙
36.せんたくもの		換洗衣服
37.毛布（もうふ）	もうふ	毛毯
38.ふとん		被子
39.まくら		枕頭
40.シーツ	sheet	床單
41.モーニング・サービス	morning service	供應早餐
42.モーニング・コール	morning call	早上喚醒電話
43.エレベーター	elevator	電梯
44.カラオケ		卡拉OK
45.スナック	snack	喝酒唱歌小酒館
46.キャバレー	cabaret	有舞池的酒店
47.市内観光（しないかんこう）	しないかんこう	市內觀光
48.地図（ちず）	ちず	地圖
49.時刻表（じこくひょう）	じこくひょう	時刻表

第五篇

日文習字帖

平假名五十音表

a	ka	sa	ta	na	ha	ma	ya	ra	wa	n
あ	か	さ	た	な	は	ま	や	ら	わ	ん
i	ki	shi (si)	chi (ti)	ni	hi	mi	i	ri	i	
い	き	し	ち	に	ひ	み	い	り	ゐ	
u	ku	su	tsu (tu)	nu	fu (hu)	mu	yu	ru	u	
う	く	す	つ	ぬ	ふ	む	ゆ	る	う	
e	ke	se	te	ne	he	me	e	re	e	
え	け	せ	て	ね	へ	め	え	れ	ゑ	
o	ko	so	to	no	ho	mo	yo	ro	wo	
お	こ	そ	と	の	ほ	も	よ	ろ	を	

平假名濁音表

(1)

ga	が	gi	ぎ	gu	ぐ	ge	げ	go	ご
za	ざ	ji	じ	zu	ず	ze	ぜ	zo	ぞ
da	だ	ji	ぢ	zu	づ	de	で	do	ど
ba	ば	bi	び	bu	ぶ	be	べ	bo	ぼ
pa	ぱ	pi	ぴ	pu	ぷ	pe	ぺ	po	ぽ

(2)

kya	きゃ	kyu	きゅ	kyo	きょ
sha	しゃ	shu	しゅ	sho	しょ
cha	ちゃ	chu	ちゅ	cho	ちょ
nya	にゃ	nyu	にゅ	nyo	にょ
hya	ひゃ	hyu	ひゅ	hyo	ひょ
mya	みゃ	myu	みゅ	myo	みょ
rya	りゃ	ryu	りゅ	ryo	りょ

gya	ぎゃ	gyu	ぎゅ	gyo	ぎょ
ja	じゃ	ju	じゅ	jo	じょ

bya	びゃ	byu	びゅ	byo	びょ
pya	ぴゃ	pyu	ぴゅ	pyo	ぴょ

a	あ	ニ	扌	あ	あ	あ	あ			
i	い	⺑	い	い	い	い				
u	う	⇒	う	う	う	う				
e	え	⇐	え	え	え	え	え			
o	お	ニ	お	お	お	お	お			

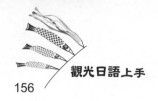

ka か	づ	カ	が	か	か	か			
ki き	⇄	⇉	き	き	き	き	き		
ku く	《	く	く	く					
ke け	‖	┌	け	け	け	け			
ko こ	⇒	こ	こ	こ	こ				

sa	さ	⇒	や	さ	さ	さ	さ			
shi	し	し	し	し	し	し				
su	す	⇒	す	す	す	す				
se	せ	⇒	せ	せ	せ	せ	せ			
so	そ	ゝ	そ	そ	そ	そ				

ta	だ	ニけ	だ	た	た	た		
chi	ち	ニち	ち	ち	ち	ち		
tsu	つ	う	つ	つ	つ			
te	て	で	て	て	て			
to	と	ど	と	と	と	と		

na な				な	な	な	な		
ni に			に	に	に	に			
nu ぬ		ぬ	ぬ	ぬ	ぬ				
ne ね		ね	ね	ね	ね				
no の	の	の	の	の					

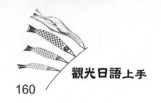

ha									
は	l l	l ゙	は	は	は	は			
hi									
ひ	む	ひ	ひ	ひ					
fu									
ぶ	゙	ふ	ふ	ふ	ふ	ふ	ふ		
he									
へ	へ	へ	へ	へ					
ho									
ほ	l l	l ゙	l ゠	ほ	ほ	ほ	ほ		

ma ま			ま	ま	ま	ま
mi み		み	み	み	み	
mu む			む	む	む	む
me め		め	め	め	め	
mo も			も	も	も	も

ya		ら	ら	や	や	や	や			
や										
yu		ゆ	ゆ	ゆ	ゆ	ゆ				
ゆ										
yo		よ	よ	よ	よ	よ				
よ										

ra									
ら	ら	ら	ら	ら					
ri									
り	り	り	り	り	り				
ru									
る	る	る	る	る					
re									
れ	れ	れ	れ	れ					
ro									
ろ	ろ	ろ	ろ	ろ					

wa		↓↓	わ	わ	わ	わ				
わ										
n		ん	ん	ん	ん					
ん										
o		=	を	を	を	を	を			
を										

ga	が	が								
が										
gi ぎ										
gu ぐ										
ge げ										
go ご										

za	ざ									
ji	じ									
zu	ず									
ze	ぜ									
zo	ぞ									

da	だ									
ji	ぢ									
zu	づ									
de	で									
do	ど									

ba ば									
bi び									
bu ぶ									
be べ									
bo ぼ									

pa	ぱ								
ぱ									
pi									
ぴ									
pu									
ぷ									
pe									
ぺ									
po									
ぽ									

拗　音　表

(1)

ミャ みゃ mya	ヒャ ひゃ hya	ニャ にゃ nya	チャ ちゃ cha	シャ しゃ sha	キャ きゃ kya
ミュ みゅ myu	ヒュ ひゅ hyu	ニュ にゅ nyu	チュ ちゅ chu	シュ しゅ shu	キュ きゅ kyu
ミョ みょ myo	ヒョ ひょ hyo	ニョ にょ nyo	チョ ちょ cho	ショ しょ sho	キョ きょ kyo

(2)

ピャ ぴゃ pya	ビャ びゃ bya	ジャ じゃ ja	ギャ ぎゃ gya	リャ りゃ rya
ピュ ぴゅ pyu	ビュ びゅ byu	ジュ じゅ ju	ギュ ぎゅ gyu	リュ りゅ ryu
ピョ ぴょ pyo	ビョ びょ byo	ジョ じょ jo	ギョ ぎょ gyo	リョ りょ ryo

假名字源一覽表

片假名

	ア	カ	サ	タ	ナ	ハ	マ	ヤ	ラ	ワ
	阿ア a	加カ ka	散サ sa	多タ ta	奈ナ na	八ハ ha	万マ ma	也ヤ ya	良ラ ra	和ワ wa
	伊イ i	幾キ ki	之シ shi	千チ chi	仁ニ ni	比ヒ hi	三ミ mi	伊イ i	利リ ri	井ヰ i
	宇ウ u	久ク ku	須ス su	川ツ tsu	奴ヌ nu	不フ hu	牟ム mu	由ユ yu	流ル ru	宇ウ u
	江エ e	介ケ ke	世セ se	天テ te	祢ネ ne	部ヘ he	女メ me	江エ e	礼レ re	慧ヱ e
	於オ o	己コ ko	曽ソ so	止ト to	乃ノ no	保ホ ho	毛モ mo	與ヨ yo	呂ロ ro	乎ヲ o

平假名

	あ	か	さ	た	な	は	ま	や	ら	わ
	安あ a	加か ka	左さ sa	太た ta	奈な na	波は ha	末ま ma	也や ya	良ら ra	和わ wa
	以い i	幾き ki	之し shi	知ち chi	仁に ni	比ひ hi	美み mi	以い i	利り ri	為ゐ i
	宇う u	久く ku	寸す su	川つ tsu	奴ぬ nu	不ふ hu	武む mu	由ゆ yu	留る ru	宇う u
	衣え e	計け ke	世せ se	天て te	祢ね ne	部へ he	女め me	衣え e	礼れ re	恵ゑ e
	於お o	己こ ko	曽そ so	止と to	乃の no	保ほ ho	毛も mo	与よ yo	呂ろ ro	遠を o

観光日語上手

172

片假名五十音表

	a	ア	i	イ	u	ウ	e	エ	o	オ
k	ka	カ	ki	キ	ku	ク	ke	ケ	ko	コ
s	sa	サ	shi	シ	su	ス	se	セ	so	ソ
t	ta	タ	chi	チ	tsu	ツ	te	テ	to	ト
n	na	ナ	ni	ニ	nu	ヌ	ne	ネ	no	ノ
h	ha	ハ	hi	ヒ	fu	フ	he	ヘ	ho	ホ
m	ma	マ	mi	ミ	mu	ム	me	メ	mo	モ
y	ya	ヤ	(i)	(イ)	yu	ユ	(e)	(エ)	yo	ヨ
r	ra	ラ	ri	リ	ru	ル	re	レ	ro	ロ
w	wa	ワ	(i)	(イ)	(u)	(ウ)	(e)	(エ)	o	ヲ
	n	ン								

片假名濁音表

(1)

ga	ガ	gi	ギ	gu	グ	ge	ゲ	go	ゴ
za	ザ	ji	ジ	zu	ズ	ze	ゼ	zo	ゾ
da	ダ	ji	ヂ	zu	ヅ	de	デ	do	ド
ba	バ	bi	ビ	bu	ブ	be	ベ	bo	ボ
pa	パ	pi	ピ	pu	プ	pe	ペ	po	ポ

(2)

kya	キャ	kyu	キュ	kyo	キョ
sha	シャ	shu	シュ	sho	ショ
cha	チャ	chu	チュ	cho	チョ
nya	ニャ	nyu	ニュ	nyo	ニョ
hya	ヒャ	hyu	ヒュ	hyo	ヒョ
mya	ミャ	myu	ミュ	myo	ミョ
rya	リャ	ryu	リュ	ryo	リョ

gya	ギャ	gyu	ギュ	gyo	ギョ
ja	ジャ	ju	ジュ	jo	ジョ

bya	ビャ	byu	ビュ	byo	ビョ
pya	ピャ	pyu	ピュ	pyo	ピョ

a	ア	→ ラ	ア	ア	ア	ア				
i	イ	ノ	イ	イ	イ	イ				
u	ウ	゙	゙	ウ	ウ	ウ	ウ			
e	エ	ニ	丁	エ	エ	エ	エ			
o	オ	ニ	寸	オ	オ	オ	オ			

ka	カ	ㄱ	カ	カ	カ	カ			
ki	キ	一	二	キ	キ	キ	キ		
ku	ク	ク	ク	ク	ク	ク			
ke	ケ	ノ	ヶ	ケ	ケ	ケ	ケ		
ko	コ	ㄱ	コ	コ	コ	コ			

観光日語上手

176

sa サ	ニ	十	サ	サ	サ	サ			
shi シ	ゝ	ゝゝ	シ	シ	シ	シ			
su ス	フ	ス	ス	ス	ス	ス			
se セ	⇁	セ	セ	セ	セ				
so ソ	ゝ	ソ	ソ	ソ	ソ	ソ			

ta		ソ	ク	タ	タ	タ	タ			
タ										
chi		ー	ニ	チ	チ	チ	チ			
チ										
tsu		ソ	ツ	ツ	ツ	ツ	ツ			
ツ										
te		ニ	ニ	テ	テ	テ	テ			
テ										
to		リ	ト	ト	ト	ト				
ト										

na	ニ	一	ナ	ナ	ナ			
ナ								
ni	一	二	二	二	二			
二								
nu	㇇	ヌ	ヌ	ヌ	ヌ			
又								
ne	↓	ウ	ネ	ネ	ネ	ネ	ネ	
ネ								
no	ノ	ノ	ノ	ノ				
ノ								

ha	ノ	バ	ハ	ハ	ハ			
八								
hi	⇀	ヒ	ヒ	ヒ	ヒ			
ヒ								
fu	フ	フ	フ	フ				
フ								
he	ヘ	ヘ	ヘ	ヘ				
ヘ								
ho	二	オ	オ	木	木	木	木	
木								

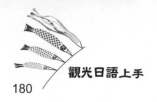

ma マ	→ ラ	マ	▽	▽	▽			
mi 三	≥	≥	≥	ミ	ミ	ミ		
mu ム	∠	ム	ム	ム	ム			
me メ	ノ	メ	メ	メ	メ			
mo モ	⊐	⊒	モ	モ	モ	モ		

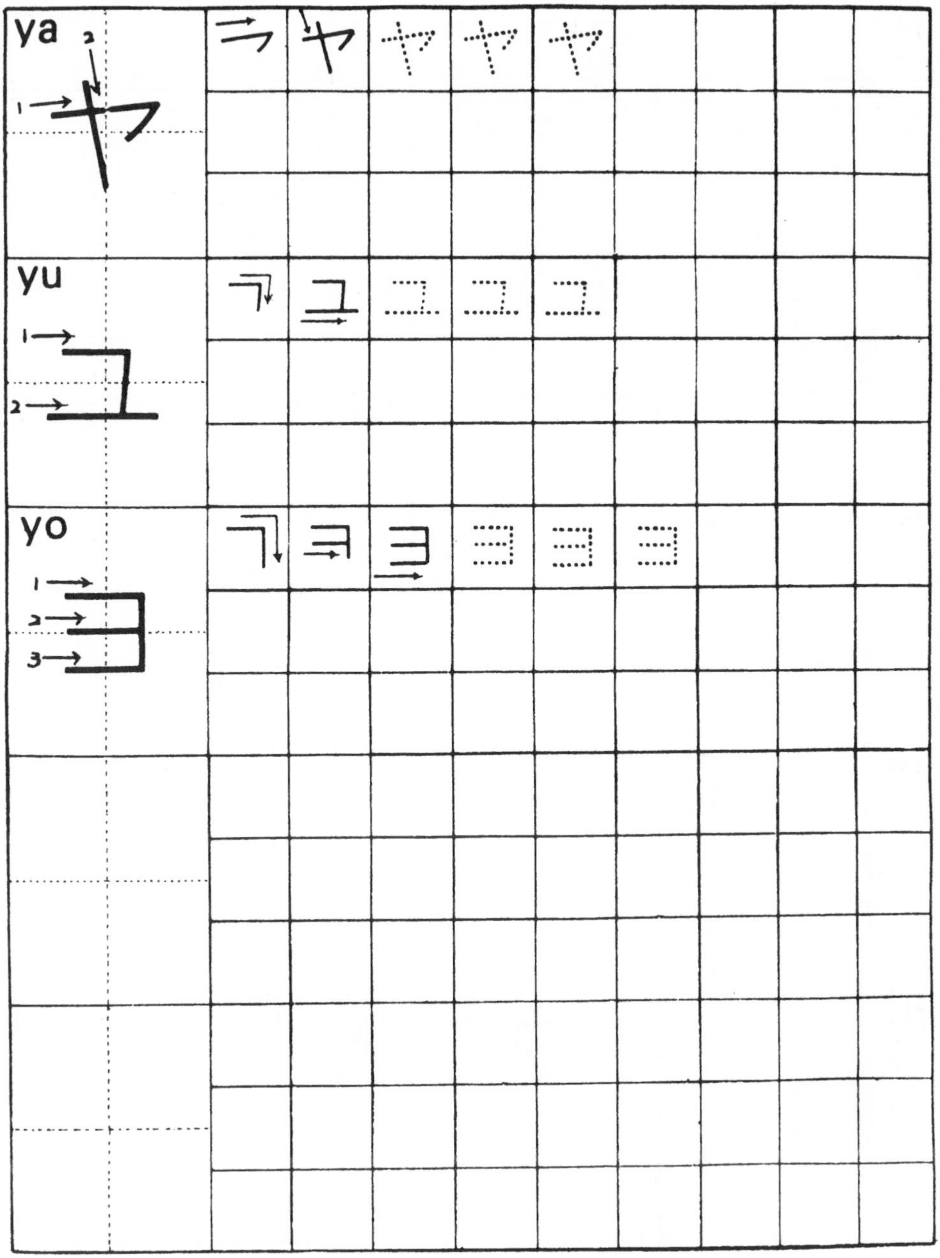
ya
ヤ
yu
ユ
yo
ヨ

ra ラ	ラ	ラ	ラ	ラ	ラ			
ri リ	リ	リ	リ	リ	リ			
ru ル	リ	ル	ル	ル	ル			
re レ	レ	レ	レ	レ				
ro ロ	ロ	ロ	ロ	ロ	ロ	ロ		

wa		ワ	ヲ	ワ	ワ	ワ				
o		ラ	ラ	ヲ	ヲ	ヲ	ヲ			
n		ン	ン	ン	ン	ン				

ga	ガ	ガ	ガ							
gi	ギ									
gu	グ									
ge	ゲ									
go	ゴ									

za	ザ									
ji	ジ									
zu	ズ									
ze	ゼ									
zo	ゾ									

da	ダ									
ji	ヂ									
zu	ヅ									
de	デ									
do	ド									

ba	バ									
bi	ビ									
bu	ブ									
be	ベ									
bo	ボ									

pa パ°									
pi ピ°									
pu プ°									
pe ペ°									
po ポ°									

觀光日語上手

編 著 者／鍾錦祥
 CD 錄音／下鳥陽子、浦山獎吾
出 版 者／揚智文化事業股份有限公司
發 行 人／葉忠賢
總 編 輯／閻富萍
地　　址／新北市深坑區北深路三段 260 號 8 樓
電　　話／(02)8662-6826
傳　　真／(02)2664-7633
網　　址／http://www.ycrc.com.tw
 E-mail ／service@ycrc.com.tw
 I S B N ／978-986-298-112-2
初版一刷／2013 年 9 月
初版二刷／2015 年 6 月
定　　價／新台幣 350 元

國家圖書館出版品預行編目（CIP）資料

觀光日語上手 / 鍾錦祥編著. -- 初版. -- 新
北市：揚智文化, 2013.09
面 ； 公分

ISBN 978-986-298-112-2（平裝附光碟片）

1.日語 2.旅遊 3.讀本

803.18   102017258

Note

Note